U0012324

大是文化

六大動詞 10天速成英語表達

多益考高分還是不敢說？本書幫你開口說，對方秒懂

橫跨金融、電子科技、英語教學界最強專業師資群

周昱葳（葳姐）—— 統籌

周昱葳、李存忠、吳惠怡、林宜珊 —— 合著

（Mitch） （Flora） （Amy）

CONTENTS

第6天 5種基礎時態變化，一次掌握 197

第7天 沒有主詞，也能精準表達的祈使句 237

第10天 4種句型，一次搞定大魔王被動式 285

作者介紹

周昱葳（葳姐）

- 來自高雄的北漂歐巴桑。
- 畢業於臺大國際企業系。以教育部全額公費留學獎金，取得加州大學柏克萊分校（University of California, Berkeley）MBA 企管碩士。
- 歷任多家外商銀行（美國銀行〔Bank of America〕、荷蘭銀行〔ABN AMRO〕）與本土銀行及 PwC 企管顧問公司。
- 曾任新北市某國小英文代理教師。
- 育有姊弟二人組，為愛創立臉書「葳姐親子英語共學」粉絲專頁（請掃右上方 QR Code），以及 LINE 官方帳號 @pinlearning。
- 譯作：《世界咖啡百科全書》。著作：《精進英文閱讀力》、《打造英文閱讀力》、《職場八字識人術》（筆名：周雨薇）等書。

吳惠怡（Flora）

國中全校第一名畢業後，進入北一女中，遇見無數個全校第一名的小綠綠，結識一輩子的好姊妹。政大財政系、臺大經濟研究所畢業後，進入本土銀行儲備幹部計畫，習得寫程式分析大數據能力；轉職後，一年一晉升至外商銀行協理。

熱愛挑戰——在育有一子一女後，轉業成為英語教學者，考取英語教學 Advanced TESOL 國際英美雙證照；擅長學習——學習吉他未滿兩年，即榮獲英國皇家吉他表演檢定 4 級特優。逾 1,500 小時的英文教學裡，融合寫程式時的邏輯左腦、玩音樂時的創意右腦，最後以行銷人手法呈現英文教學內容，將學習變得更簡單。

李存忠（Mitch）

- 曾是建中逃學生，最後以高中同等學歷考上臺大國貿系。
- 斜槓法律，東吳大學法律研究所碩士。
- 獲得美國哈佛大學（Harvard University）MBA入學許可，為愛及為錢，選擇加州大學柏克萊分校（獲得MBA全額獎學金）。
- 曾任職聯合利華（Unilever）、麥肯錫（McKinsey & Company）、友達、台達電等集團，是飛來飛去的商務人士，累計哩程一年40萬哩。現任竹科某上市科技集團事業群副總經理。
- 現為兩個孩子的爸爸，教育風格為虎爸型。
- 著作：長篇職場小說《原爆重生》、《親子英文共學的12堂魔法課（隨書附QR code，MP3線上快速掃輕鬆聽）》、《職場八字識人術》（筆名：李品心）等書。

林宜珊（Amy）

影視翻譯自由譯者，作品跨足Netflix（網飛）、Disney＋各大串流平臺。最討厭實境節目中的來賓同時講話。

遊戲與科技自由譯者，做手機遊戲，也翻譯UI介面。受不了別人「在」、「再」不分。

白天上班，晚上在家翻譯，週末不是在打電動，就是在去打電動的路上。是個不折不扣的宅女，電腦和外送App是生命必需品。

千禧時代末年出生，最近最震驚的事情是2000年後出生的小孩，現在已大學畢業。在後疫情時代，期許自己能透過網路持續傳達新知給學生。

推薦序

沒時間學英文？先從動詞開始！

歷任友達光電及台達電集團人資長／林瑞娟

英文在教育中是非常重要的一環，很多人從小就開始學英文，但是要學好卻很困難。對於無法出國工作或念書的人，更是如此，除非你選擇一個全英文的學習環境。

再加上，現在很多高科技公司都設有「職位英語」的制度，要求職員在晉升到一定的位階時，必須具備相對應的英文能力，有些公司甚至還直接把英文能力視為錄取的基本條件。因此，對於想進入高科技領域工作的人來說，取得英文證照，例如：多益（TOEIC）、托福（TOEFL）、雅思（IELTS）等，是非常重要的。

就我個人的經歷來看，學習任何一種語言，除了工作需要之外，能浸潤在該國的戲劇、音樂、新聞或文化，絕對是最好的學習方式，因為這樣能把枯燥無味的學習變成一種趣味。而且，在跨國公司工作，常會有出差、開會或跨國性的協同合作，如果沒有共同的文化理解，往往會造成不必要的誤會，影響工作成效。因此，如果是因公外派，學習當地的語言也是很重要的。

但以我個人的經驗而言，不管派駐到哪個國家，工作上的溝通仍以英文為主，只是在遣辭用句上，還得充分理解當地的文化，才能引起共鳴。

學英文的途徑百百種，對於工作繁忙的上班族而言，如何以深入淺出的方式掌握學習訣竅，就顯得至關重要。

《六大動詞，10天速成英語表達》這本書，就以淺顯易懂的方式，介紹許多學習英文的技巧，並由在美國精英學校求學過的作者葳姐及存忠，以及擁有豐富教學經驗的吳惠怡、林宜珊，來教導大家如何學習英文。

如同本書提到的，**英文句子當中，最不可或缺的就是動詞**。在前面，先教你**用一張心智圖掌握動詞的核心概念**，接著再延伸至**動詞的各種變化**。這對於每天要用英文簡報或溝通的上班族來說，真是一大福音。

其次是動詞時態的變化，本書**用流行歌曲介紹，一下子就讓英文變得很有趣，而且非常實用、輕鬆易懂**，連我都覺得又重新複習了一次。

當然，我們都知道，語言學習必須不斷的接觸及練習，因此我誠心盼望透過本書，讀者們能學習到更實用的英文，與國外同事或朋友溝通時，不僅能運用自如，在工作、升遷、轉職，甚至是外派，也都能得到幫助。

序

開口說英文，
這些動詞就夠了

／周昱葳

學英文，一直是臺灣人的痛點。大是文化看到了這個問題，希望我能出一本幫助讀者勇於開口的書。

有句話說：「一個人走得快，一群人走得遠。」之前我自己出書時，總感到沒有團隊互相討論的寂寞，這次很榮幸能組成一個團隊，共同為這本書貢獻各自的專業。

吳惠怡（Flora），我平常都叫她小巫，是葳姐在銀行工作的前同事，也是我的臺大學妹、我女兒的學姊（小綠綠）。

她行銷出身，腦海中總有源源不斷的點子，而且簡報能力一流。有人說，行銷的工作是把自己的想法放到別人腦袋裡，因此特別困難，但行銷專業的Flora老師，總是能夠運用各種比喻，把困難的英文變得很簡單。

也因為太愛小孩，她在離開職場、成為全職媽媽後，決定成立自己的工作室，當起一位全方位的英文老師，甚至還拿到TESOL（Teaching English to Speakers of Other Languages，持有此證照者可於全球向非英文母語者教授英文）證書！

林宜珊（Amy），葳姐線上共讀班的朋友應該對Amy老師不陌生，或是你的孩子也曾在葳姐親子英語平臺上過她的課程。

她的英語創作能力非常好，總是能把每一本枯燥乏味的電子書讀本，變成既有趣又實用的學習指南。不只如此，她還極具語言天分——國立臺灣師範大學英語學系畢業，當年學測可是國文、英文都滿級分。

因此，Amy老師不只英文好，國文也超優，能夠流暢的在兩種截然不同的語言系統間切換。

最重要的是，她筆下所寫出來的英文，都是**學院派千錘百鍊不會失誤的用法**，同時也是我們中文母語者可以理解的轉換邏輯。

李存忠（Mitch），如果從葳姐第一本書就追蹤的讀者，可能知道他的身分。他是葳姐的臺大學長、加州大學柏克萊分校研究所商學院的同學，以及人生伴侶。

目前在竹科工作，常常當空中飛人、十分忙碌的他，因為疫情無法出差，也多了一些時間。這次終於有機會來跟大家分享商業界對英文會話的想法，可謂是實務派，也讓我們學到商業界第一線最實用的英文。

這次真的很高興能夠聚集到這麼優秀的師資群，一同成就這一本書。

為什麼要從動詞開始學？

所有的會話皆起始於動詞，懂得運用動詞，至少就先贏了一半。想想看，最常見的祈使句：Sit down.（坐下）、Stand up.（起立）、Bow.（敬禮），不就是動詞代表一切嗎？

而且，在會話中，因為說話的對象很明確，從我嘴裡說出來的，代表的就是「我」，我說話的對象就是「你」，因此名詞、代名詞反而沒那麼重要。

在這本書裡，我們談了很多動詞，總共10個單元，從**心智圖、六大動詞、用流行歌曲學動詞時態變化，到超實用的片語動詞、表達心情的助動詞、基本句型架構**，相信各位讀了以後，就能輕鬆的表達自己的想法，或是與他人溝通。

這是我們一群人的努力，來自不同產業、不同背景，但對於通達英文會話，卻有著同樣的熱情！

讓我們從動詞開始，打通英文會話的任督二脈！

序
六大動詞，教你職場英文輕鬆學

／李存忠

在職場翻滾近三十年，我一直很想寫一本能夠幫助忙碌上班族提升英文的書籍。

特別是這二十年來，我在科技產業服務，看到許多朋友或同事為學英文所苦——不是沒有足夠的時間學習，就是花了一筆錢請家教、上補習班、參加線上課程，卻不得其法。

我的觀察是，英文是科技業上班族必備的基本能力，因為不管是做簡報、和海外客戶或供應商聯絡溝通，都需要用到英文。但如前所述，很多人花了大錢，信心卻越來越低，非但不敢開口，許多時候就連敘述一個完整句子的能力都沒有，更遑論文法正確及發音優美。

我很感謝有這個機會，能夠與幾位優秀的英文老師夥伴們共同出版《六大動詞，10 天速成英語表達》。將我這些年在職場上觀察到的**常見英文錯誤**，像是**流水句、動詞的連結方法，或是一些錯誤的慣用法**，透過有系統的整理，並以六大動詞搭配常用句型，讓辛苦的上班族們，以最快、最有效率的方法，提升英文表達力。

英文學習的成效，不在於投入的時間，而是學習的方法及重點。希望透過這本書的問世，能夠幫助許多上班族或父母家長，對英文更有信心，也更勇於表達。這樣的英文自信，也可幫助大家開啟親子英語共學，打造出更好的學習環境，以及正面相乘的效果

祝大家在英文學習的路上，無痛學習、快速掌握，10 天內脫胎換骨！

序

用對方法，有趣、實用「玩」英文

／吳惠怡

〈Turn! Turn! Turn!〉是美國飛鳥樂團（The Byrds）的著名歌曲之一，也是我這幾年生活和心境的最佳寫照——從銀行轉職，再斜槓到英文教學；從兩個孩子的媽，再變身為小花老師。這段期間，我永遠記得那個令人印象深刻的夜晚。

那天在北投公園，晚上約9點，有一對母子從我身旁經過，孩子背著厚重的書包，嘴裡背誦著單字：「light, l-i-g-h-t」。當下，我不禁為他感到心疼，並因此萌生了幫助臺灣人學英文更輕鬆有效的期盼。現在，這也支撐起我在英文教學上不斷精進的使命感。

如何做好時間管理，一直是我提升效率的最大動力，對於學英文也是如此。而我認為，**每一個完整的英文句子**

都必須有動詞，因此從動詞著手學英文，絕對是CP值最高的選擇。

這次有幸受葳姐的精神感召，大家跨界合作完成《六大動詞，10天速成英語表達》，**一本從六大動詞，延伸至實用片語動詞，再搭配助動詞，提升精準表達的工具書；並以團隊累計近60年的職場工作經歷、超過2,000小時的教學實戰，將精華濃縮於這10天的課程**。其中，還有許多富含邏輯表達的心智圖、超好聽的私房歌單，以及可重複洗耳朵的上班族百大金句……自己也會扼腕感嘆，為什麼當年的我沒能如此有趣又實用的「玩」英文呢？

由衷感謝爸媽，讓我在高中時到美國遊學，因為當時長母音、短母音傻傻分不清，在麥當勞點餐鬧了笑話，因而開啟英文耳和重視發音。在撰寫這本書的過程中，要特別感謝我的家人們，尤其先生Frank，以及兩個孩子Mm；還有美國人老師Chris幫忙校稿，居美博士Tien-Hao、Shao-Wei擔任顧問；以及高中國文老師卿卿吾師、音樂陳老師來自於跨界的靈感。

不惑之年之作，希望有助於大家解惑，在英文學習道路上，更能夠輕鬆自如，豁然開朗。

序

學英文就像打怪破關，喜歡去做就對了

／林宜珊

你對英文的想像是什麼？相信很多人的答案是：坐在教室裡，抄著老師黑板上密密麻麻的筆記，以及數都數不完的考試。但對我來說，記憶最深刻的，卻是小時候玩《神奇寶貝》的電動，在任天堂（Nintendo）掌機遊戲Game Boy上，那些看都看不懂的英文對話（現在改叫《精靈寶可夢》，不小心暴露年紀了）。

的確，我的求學生涯並沒有跟大家不一樣，我也是在臺灣土生土長的孩子，但真正讓我對英文保持熱情的，是遊戲，一個個電玩作品。在那個大字不識幾個的學生時代，我為了找到隱藏關卡、挑戰快速通關（speedrun），我用著還是Windows 2000的電腦，到電子布告欄和各大網站，不管是中文還是英文攻略，一邊查字典、一邊細讀，只為了找到破關祕訣。

我的英文學習之路，就是這樣展開的。你可能會想，嗯，我並沒有這樣的閃光時刻來啟發我學英文。但其實，現在創造還不嫌太晚。如果你喜歡聽英文歌，你可以上影音平臺跟著哼唱；如果你喜歡追美劇、看實境秀，現在的串流爆炸多，甚至還有雙語字幕可以選擇；又或者是，你喜歡在工作時播放脫口秀類的Podcast，那就聽聽主持人的妙語如珠。

所以，我想說的是，雖然成績或學歷也很重要，但**學習動機並不是只有考到好學校、工作升遷等，而是你必須找到讓你持之以恆的動能、一個保持熱情的方式，才能達成這些目標**。

不過，要像我小時候那樣土法煉鋼並不容易，因為現在網路上的資訊雖多，卻也有很多假資訊和錯誤的內容。《六大動詞，10天速成英語表達》就是希望**透過最正確的內容，帶著大家回歸初衷，學習最基本、也最道地的動詞用法，並藉由動人的音樂，加深對英文文法的記憶**。

希望這本書，可以成為你英文學習路上的一盞燈，帶你找到屬於你的閃光時刻。

本書特點及使用方法

本書內容分成10個單元，從核心動詞、基本句型、片語動詞、時態變化、助動詞、祈使句、疑問詞 & 附加問句等，以圖解的方式解說基本文法；再透過大量生活例句、流行歌曲、大明星說英文等主題，教你用六大動詞，10天學好英文速成表達！

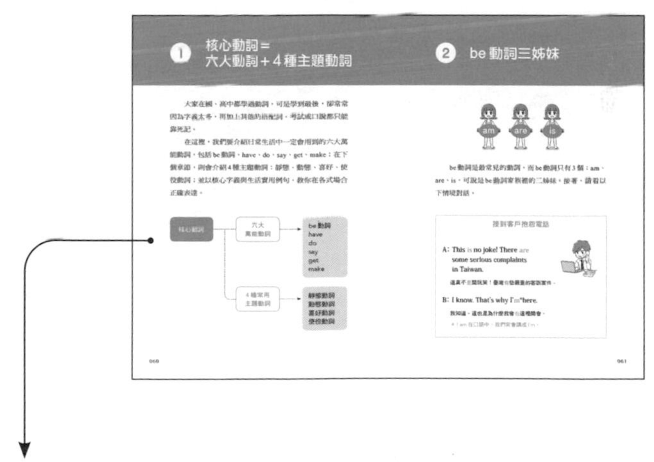

① 核心動詞＝六大動詞＋4種主題動詞

大家在國、高中都學過動詞，可是學到最後，卻常常因為字義太多，再加上其他的搭配詞，考試或口說都只能靠死記。

在這裡，我們要介紹日常生活中一定會用到的六大萬能動詞，包括be動詞、have、do、say、get、make；在下個章節，則會介紹4種主題動詞：靜態、動態、喜好、使役動詞；並以核心字義與生活實用例句，教你在各式場合正確表達。

060

② be動詞三姊妹

be動詞是最常見的動詞，而be動詞只有3個：am、are、is，可說是be動詞家族裡的三姊妹。接著，請看以下情境對話。

接到客戶抱怨電話

A: This is no joke! There are some serious complaints in Taiwan.

這真不是開玩笑！臺灣有些嚴重的客訴案件。

B: I know. That's why I'm*here.

我知道，這也是為什麼我會在這裡開會。

* I am 在口語中，我們常會講成 I'm。

061

特色❶：圖像式記憶法！用心智圖，破解最難搞的動詞

除了介紹六大動詞，還另外整理出34組使用率最高的片語動詞、容易混淆的介系詞用法。

特色❷：萬用句型公式×記憶小撇步×文法急救包

利用圖解或萬用公式，以簡單好懂的方式解說各句型文法；並補充前文未提及的相關文法或句型。

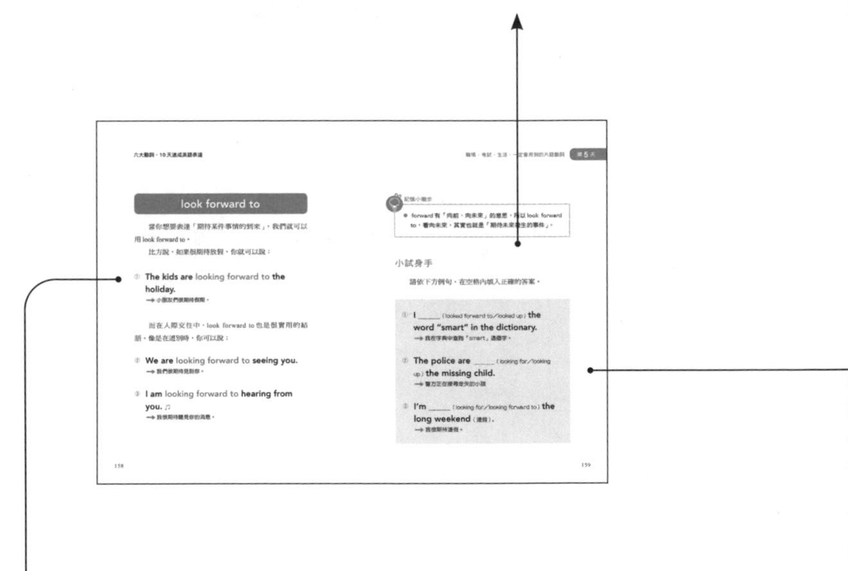

六大動詞，10天速成英語表達

look forward to

當你想要表達「期待某件事情的到來」，我們就可以用 look forward to。

比方說，如果很期待放假，你就可以說：

① **The kids are** looking forward to **the holiday.**
→ 小朋友們很期待假期。

而在人際交往中，look forward to 也是很實用的結語，像是在道別時，你可以說：

② **We are** looking forward to **seeing you.**
→ 我們很期待見到你。

③ **I am** looking forward to **hearing from you.** ♫
→ 我很期待聽見你的消息。

158

職場、考試、生活，一定會用到的片語動詞 第5天

記憶小撇步

- forward 有「向前、向未來」的意思，所以 look forward to，看向未來，其實也就是「期待未來發生的事件」。

小試身手

請依下方例句，在空格內填入正確的答案。

① **I** _____ (looked forward to／looked up) **the word "smart" in the dictionary.**
→ 我在字典中查詢「smart」這個字。

② **The police are** _____ (looking for／looking up) **the missing child.**
→ 警方正在搜尋走失的小孩

③ **I'm** _____ (looking for／looking forward to) **the long weekend** (連假).
→ 我很期待連假。

159

特色❸：超過 200 組生活例句，隨翻隨用！

針對工作、考試、生活，介紹超實用例句，讓你簡單開口，對方秒懂！

特色❹：小試身手！最生活化的實戰練習

不同於一般教科書總是把練習放在最後，本書收錄多種類型練習題，利用各單元中學到的句型，幫助各位加深理解。

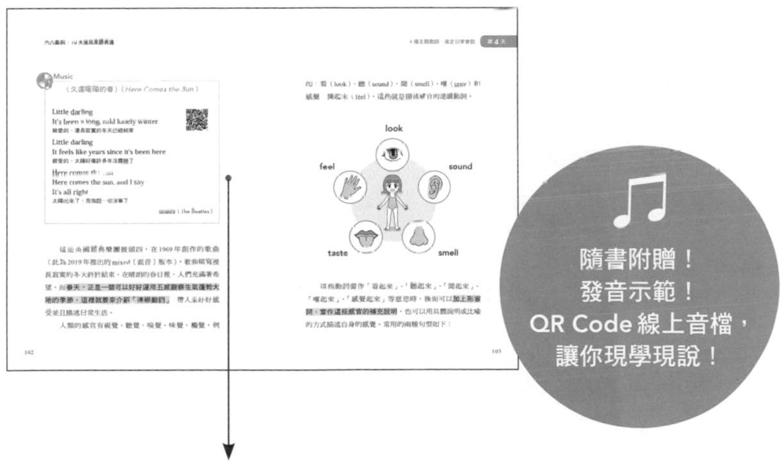

特色❺：13首流行歌曲，文法無痛學習！

本書分享13首流行歌曲，教你唱著唱著就學會動詞時態變化、助動詞等用法。只要重複聽、開口說，一定能輕鬆記起來。此外，還特別收錄職場萬用英文百大金句的QR Code線上音檔，並由LTTC語言中心的英語講師Jimmy示範發音，讓你走到哪聽到哪！

請掃描各篇章開頭右下方的QR Code，即可播放及下載音檔，例如：第41頁的第2天。全書共8個QR Code，分別為第2天～第6天、第8天～第10天；錄音例句請參見♫符號標記處。

文法專有名詞速學

九大詞性

冠詞（article）	幫名詞定義範圍（a、an、the）。
名詞（noun）	人、事、物。
代名詞（pronoun）	代替人、事、物（I、you、he、she、it等）。
形容詞（adjective）	對名詞補充說明。
介系詞（preposition）	結合名詞或動詞，成為副詞或片語。
動詞（verb）	呈現某種狀態或具體動作。
連接詞（conjunction）	用來連接對等或不對等的單字、片語或句子。
副詞（adverb）	除了對動詞補充說明，還可以修飾形容詞、其他副詞，乃至整個句子。
感嘆詞（interjection）	表達說話或文字的情感。

句子的主要基本組成

主詞
S = subject
句子的開頭，多以名詞或代名詞為主。
動詞
V = verb
接到主詞後方，主要用來承先啟後，包含一般動詞及 be 動詞。
受詞
O = object
接在動詞的後面，是動詞動作的接受者，多以名詞為主。
補語
C = complement
一般用來補充說明句子的主詞及受詞，多為名詞及形容詞。
助動詞
Aux.
= auxiliary verb
用來改變動詞性質、時態及句子狀態，通常和另一個動詞一起使用。
連接詞
Conj.
= conjunction
用來連接句子中的單字、片語或子句，兩邊必須對等，例如：and、but、or、so。

動詞的 5 種形態

原形動詞	最基本的動詞形態，原汁原味的動詞，不加任何變化。例如：do（做）、get（得到）。
字尾加 s／es 的動詞	第三人稱單數的主詞，在現在簡單式中會在動詞字尾加 s 或 es（請參考第 202 頁）。
現在分詞	字尾加上 -ing 的動詞，可以用來構成「進行式」，像是現在進行式、過去進行式（請參考第 209、225 頁）。
過去式動詞	顧名思義，用來構成過去式的動詞。過去式動詞有分規則變化與不規則變化，規則變化動詞字尾會加上 -ed（請參考第 218 頁）。
過去分詞	用來構成被動式的動詞形態，同樣可分為規則與不規則變化，規則變化同過去式動詞，在字尾加上 -ed；而本書的六大動詞，剛好是最常見的不規則變化動詞，過去分詞分別為： be（是）→ been　have（擁有）→ had do（做）→ done　say（說）→ said get（得到）→ gotten　make（讓）→ made

第 1 天

一張心智圖，不用死背就秒懂

多益考高分還是不敢開口說？其實，英文句子中，最重要的就是動詞。就連英語母語人士，也都是用最簡單的動詞與人溝通！

今天學會這個

- 用一張心智圖，輕鬆搞懂核心動詞，以及延伸用法。
- 用動詞掌握句子的架構。

1 看到一個句子，先找動詞

想在短時間內開口說英文，應該先學習英文九大詞性當中的哪一種？答案是「動詞」！在第一天，我們會用心智圖，把動詞核心概念延伸的分類邏輯，化繁為簡！

首先，我們每天早上起床，就會用到動詞。比方說，美式口語的片語rise and shine，有一早拉開窗簾、讓陽光透進來，叫人「快起床」的意思。如果我們能看懂rise（升起）以及shine（閃耀）這兩個動詞，就能聯想到太陽升起後，人們被陽光喚醒的生動畫面。

還有，跟外國人用英文閒聊時，會說：「How's your weekend?」（你週末過得如何？），若你想表達週末去了臺北101，你會說：「I go to Taipei 101.」，還是「I went to Taipei 101.」？

這兩句只差在，go是原形動詞，而went是go的過去式，但前者要表達的，可能是你每天都會去臺北101（常態），後者則是你在過去某天去了臺北101。換句話說，僅僅只是動詞時態不同，語意卻有很大的分別。

從上述兩個生活實例，即可說明，**如果能先學會動詞，掌握語意並精準表達，就能讓英文的動詞shine your way（照亮你的學習之路）**！

主詞＋動詞＝國王＋皇后

還記得美國影集《后翼棄兵》（*The Queen's Gambit*）裡，西洋棋藝超凡的少女嗎？在她腦中的西洋棋盤裡，皇后是最有動能的，可以直走、斜走，也可以不受限制的自由移動。

在英文裡，每一個完整的句子，都一定會有一個動詞，而依西洋棋來比喻，如果主詞是國王，那麼動詞就是皇后。國王可能外出攻城掠地，但皇后一定會守住陣營，換句話說，我們**只要找出句子裡的動詞皇后並且了解其字義，就可以掌握句子基本的脈動**。

〈你是我的陽光〉（*You Are My Sunshine*）是許多人會唱的第一首英文歌，我們一起來找找看下面這段歌詞有幾個常用動詞吧！

〈你是我的陽光〉（*You Are My Sunshine*）

You are my sunshine, my only sunshine
You make me happy when skies are gray
You'll never know dear, how much I love you
Please don't take my sunshine away

——吉米・戴維斯（Jimmie Davis）

在這段歌詞裡，共有5個動詞：are（是）／make／know（知道）／love（愛）／take（拿）。那麼，你有留意到歌詞裡，唯一重覆的動詞are嗎？am／are／is是be動詞家族的三姊妹（請參考第61頁），也是最常出現的動詞，以下我們就來看看常用動詞的簡易分類。

2 動詞分 合作型、獨立型

中文裡的動詞是萬年不變的，例如：我吃了一顆蛋，我們必須依靠時間的輔助說明，才能判斷動作發生的時間點是在過去、現在，還是未來。

而英文和中文最大的不同，就在於**發生的時間不同，動詞會有不同的時態變化**，就算只有動詞，我們也可以判斷事情發生的時間點。就像皇后會視各種場合改變裝扮一樣，動詞皇后也是變化多端！

過去

I ate an egg yesterday.

我昨天吃了一顆蛋。

現在

I eat an egg every day.

我每天吃一顆蛋。

未來

I will eat an egg tomorrow.

我明天將會吃一顆蛋。

每位動詞皇后都有自己的習性，有些性情獨立不需要跟班，有些則有固定的隨從。如此一來，就會形成不同的句型。

接下來，就讓我們從下方例句，觀察動詞後面是否跟隨著不同角色。首先，請大家試著找出每句的動詞，並寫下動詞後面單字的詞性（名詞、形容詞、介系詞、副詞）。

① **His voice rose.** （rose：動詞）

→ 他的聲音提高了。

rise的過去式，為不及物動詞（intransitive verb），詳細請參考第37頁。

② **You are my sunshine.** （are：動詞；my sunshine：名詞）

→ 你是我的陽光。

動詞 名詞
③ Try everything.
→ 各方嘗試。

動詞 形容詞
④ This painting looks great!
→ 這幅畫看起來很棒！

動詞 介系詞
⑤ I ran into my teacher.
→ 我巧遇我的老師了。

動詞 副詞
⑥ We went downstairs.
→ 我們下樓去了。

透過上述例句，我們可以根據後面所接的詞，將動詞初步分類成**獨立型、合作型，前者代表只有動詞，後者則可與名詞、形容詞或介系詞、副詞做搭配**（請參考下頁動詞初步分類心智圖，英文句型更進一步的詳細介紹，請參見第41頁）。

心智圖：動詞初步分類

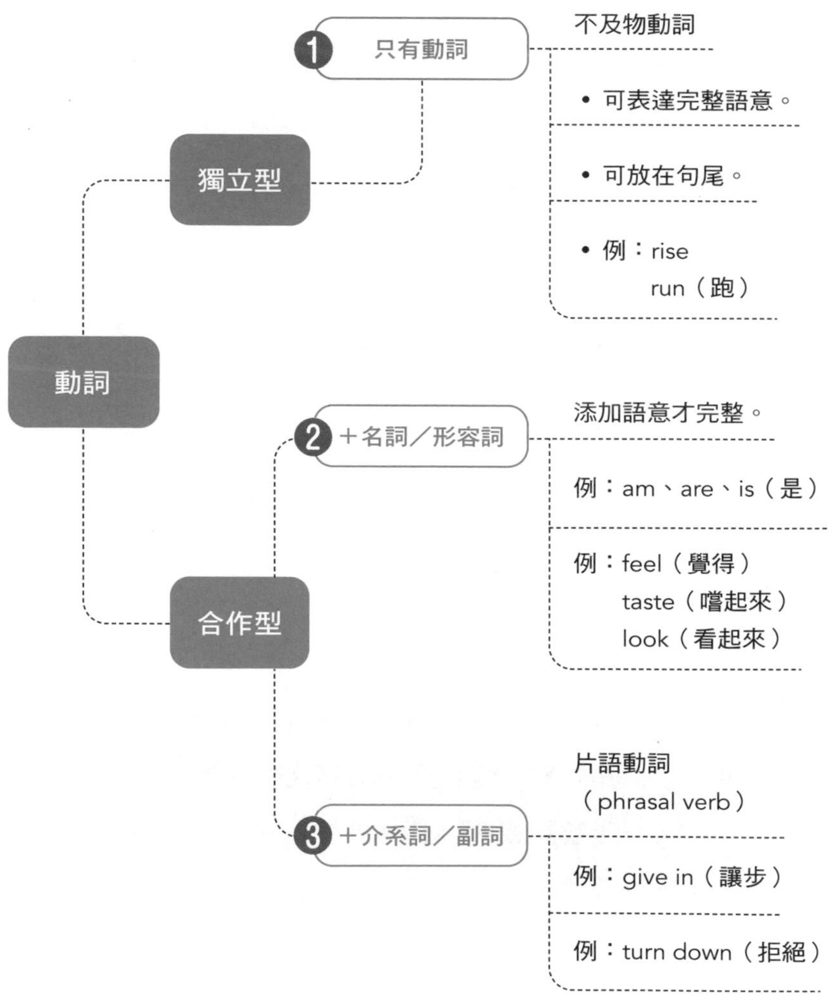
動詞
獨立型
1 只有動詞
不及物動詞
• 可表達完整語意。
• 可放在句尾。
• 例：rise
run（跑）
合作型
2 ＋名詞／形容詞
添加語意才完整。
例：am、are、is（是）
例：feel（覺得）
taste（嚐起來）
look（看起來）
3 ＋介系詞／副詞
片語動詞
（phrasal verb）
例：give in（讓步）
例：turn down（拒絕）

❶ 只有動詞

後面不需要加任何補充性字詞（例如：受詞或補語），就能完整表達語意。這類型是最獨立的動詞（也稱為不及物動詞），可以直接放在句尾。例句如下：

動詞

The kid cried.

→ 這小孩哭了。

cried 為 cry 的過去式。

動詞

I run every day.

→ 我每天都跑步。

❷ 動詞＋名詞／形容詞

有些動詞在句子中無法單獨存在，需要加名詞或形容詞，意思才完整，例如：be 動詞（am、are、is）或連綴動詞（feel、taste、look，詳細請參閱第 101 頁）。比方說，「你是」、「這幅畫看起來」、「我愛」這樣的句子會讓人摸不著頭緒，感覺話還沒有講完，後面必須加上「我的陽光」（名詞）、「很棒」（形容詞）、「我的寵物」（名詞），才能使語意變完整。

（×）**You are.**

➡ 你是。

動詞 名詞

（○）**You are my sunshine.**

➡ 你是我的陽光。

（×）**This painting looks.**

➡ 這幅畫看起來。

動詞 形容詞

（○）**This painting looks great.**

➡ 這幅畫看起來很棒。

(×) I love.

→ 我愛。

(○) I love(動詞) my pet(名詞).

→ 我愛我的寵物。

❸ 動詞＋介系詞／副詞

動詞和介系詞或副詞的結合，被稱為「片語動詞」（請參考第 125 頁），常讓動詞皇后可以變身。例如：run 為「跑步」之意，但加上介系詞 into，run into 就變為「巧遇」，下方有更多意思轉換的例子。

give（給） → **give in**（讓步）

put（放） → **put off**（延期）

make（製造） → **make up**（和好）

turn（轉） → **turn down**（拒絕）

語言的應用是靈活有趣的，但要特別提醒，無論是哪一種動詞類型，隨著字義的不同，使用方式也會有所不同。再拿I run（我跑步）來舉例，如果變為run（經營）之意，動詞後方就要加上經營的項目，意思才會完整，例如：「I run a store.」（我經營一間商店）。

以上就是我們透過心智圖，所介紹的動詞分類，看到這裡，相信你對動詞已經有一定程度的了解，也能繼續往第2天邁進！

第 2 天

基本句型架構

一個英文句子，最基本的結構就是主詞加動詞。在這裡，我們要介紹基本五大句型，以及兩種進階句型，讓你快速上手！

今天學會這個

- 學會基本五大句型，輕鬆擴展句子。
- 進階句型：對等連接詞、助動詞。

Day 2

1 基本五大句型

如何有效學習英文？一般來說，內外兼具是最快的方法。所謂外功，指的是單字的充實度，而句型架構，就是最強大的內功基礎，可幫助學習者在聽說讀寫各方面打好基礎。

接下來，我們要介紹5種基本句型、兩種進階句型。除了疑問句以外，這些句型和中文都非常類似，因此只要盡快熟悉這些架構，就能快速拆解句子（按：句子的主要基本組成請參考第27頁）！

句型1：S＋V

首先，我們來看最簡單、馬上就能用的句子：

主詞	動詞
You	**smiled!**

→ 你笑了！

句型1只有主詞you、動詞smile。但要特別注意，句型1的動詞，只能用不及物動詞（也就是前面提到的「只有動詞」的類型）。

簡單來說，就是動詞可以單獨存在，後面不需要接受詞及補語。那要怎麼分辨？我們可以**用中文的語意邏輯去想像，後面要不要接受詞即可**。例如：talk（說）、cry（哭）、travel（旅行）、walk（走）等。

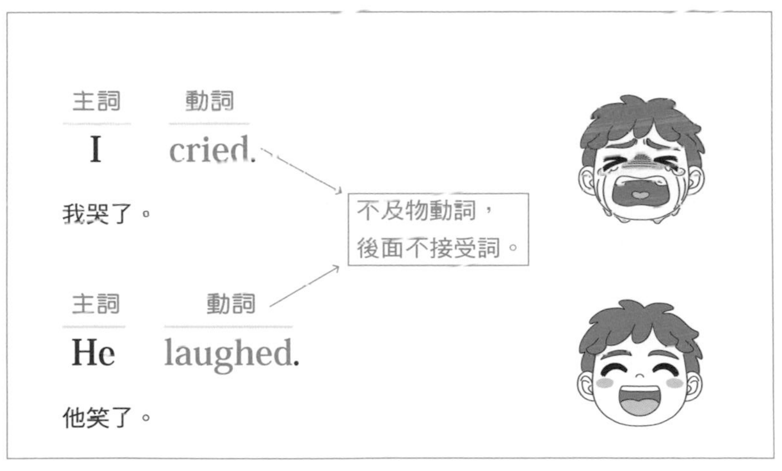

或是 continue（持續）也是不及物動詞：

主詞 動詞

The rain continues.

→ 雨持續下著。

至於及物動詞（transitive verb），因為後面必須接受詞，就不適用於句型1（按：正確用法為句型2，請參考下方說明）。此外，我們常用的be動詞am、are、is，因為後面要接補語，所以同樣也不能套用此句型。

He hates.（ ✕ ）

及物動詞，後面要接受詞。

↓

He hates peanuts.（ ◯ ）

→ 他討厭花生。

句型2：S ＋ V ＋ O

句型2非常實用，但這裡的動詞必須是及物動詞。也就是，動詞無法單獨存在，後面要接受詞，才能讓句子變得完整。例句如下：

主詞	動詞	受詞
I	**love**	**Dad.**

→ 我愛老爸。

主詞 動詞 受詞

He bought a new car.

→ 他買了臺新車。

及物動詞，後面要加接受詞。
主詞
動詞
受詞
He eats breakfast every day.
他每天吃早餐。
Mon.
Tues.
Wed.
MILK

同樣的，句型 2 是**不能使用不及物動詞**的。因為在學習中文時，我們不會特別探討動詞為及物或不及物，所以很容易混淆。但是，**只要從動詞的字義去思考，後面有沒有接受詞，就很容易理解**。例如：吃早餐、買車。

He cares you.（ × ）

主詞 動詞 受詞

He cares about you.（ ○ ）

他在乎你。

不及物動詞後方無法直接加上受詞，必須搭配介系詞，變成片語動詞，才能接受詞。

句型3：S＋V＋C

句型3則是以be動詞及連綴動詞為主，例如：taste（嚐起來）、feel（覺得）、smell（聞起來）、find（發覺）、look、seem（似乎），通常用來表達當時的狀態及感覺。

在套用句型3的時候，只要記得：**這裡的補語不是動詞的直接受詞，而是當作主詞補語，補充說明主詞**。

① 用be動詞表達身分或角色，把名詞當作補語

主詞 動詞 名詞

She is an excellent senior manager. ♫

→ 她是一位優秀的資深經理。

主詞 動詞 名詞

I am a dentist.

→ 我是一位牙醫師。

主詞 動詞 名詞

You are a reliable partner. ♫

→ 你是一位值得信賴的夥伴。

be 動詞本身的表達功能不完整，又稱為不完全動詞。

② 用 be 動詞來表達狀態，把形容詞當作補語

主詞 動詞 形容詞

He is irresponsible!

→ 他很不負責任！

主詞 動詞 形容詞

I am angry!

→ 我很生氣！

主詞 動詞 形容詞

You are beautiful!

→ 你真漂亮！

③ 用連綴動詞來表達狀態及情緒

主詞	動詞	補語
Your parents	look	**very nice.**

→ 你的父母看起來很好。

主詞	動詞	補語
His business partner	has become	**very famous.** ♫

→ 他的生意夥伴變得很有名。

在工作場合，我們也能運用句型3，充分表達各種情境及情感。例如：

主詞	動詞	補語
Selin	is	**the project manager.**

→ 瑟琳* 是這個專案的經理。

主詞	動詞	補語
Jack	is	**very responsible.**

→ 傑克非常負責任。

* 全書使用常規化的人名翻譯，實際運用則依個人而異。在英文相關產業或與外國人溝通時，大多直接以英文名字稱呼。

句型3雖然很好用，但要避免中式英文。因為中文很習慣用「是」當句子的動詞，然後再接動詞，此時直譯成英文，就很容易造成文法錯誤 。例如：

（✕）I am like you. → 我是喜歡你的。
（○）I am fond of you. → 我喜歡你。
（○）I like you. → 我喜歡你。

句型4：S＋V＋O1＋O2

第4種和第3種很像，但在句型4，一個動詞後面有兩個受詞，我們一般會將這類型的及物動詞，稱為授與動詞，像是bring（帶來）、buy（買）、get、give、teach（教）、tell（說）、show（表現）、offer（提供）等，都是很常用的授與動詞。

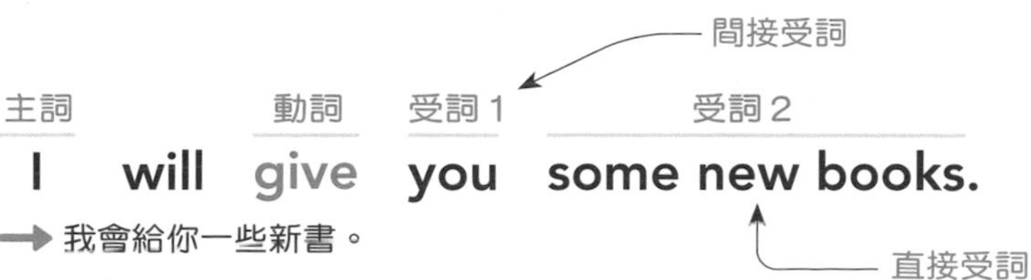

主詞 | 動詞 | 受詞 1 | 受詞 2

His supervisor offers him a new position.

→ 他的直屬上司提供他一個新的職位。

這類句型中，有兩個受詞，一個為**直接受詞（通常是物品）**，一個為**間接受詞（通常是人）**，以下為3種常見的用法。

① S + V + O1 + O2

主詞 | 動詞 | 受詞 1 | 受詞 2

My boss gave me a new assignment. ♫

→ 我的老闆給了我一個新的任務。

② S + V + O2 + to + O1

搭配介系詞to的授與動詞，主要有：bring、give、lend（借）、sell（賣）、tell、read（閱讀）、show、pass（傳遞）、write（寫）。

主詞 | 動詞 | 受詞 2 | 受詞 1

She wrote an email to her customer.

→ 她寫了封電郵給客戶。

主詞	動詞	受詞 2		受詞 1
Tommy	sent	a UPS package	to	his supplier.

→ 湯米寄了一個國際包裹給供應商。

主詞	動詞	受詞 2		受詞 1
The owner	sold	the old factory	to	his friend.

→ 這個老闆把舊工廠賣給了朋友。

③ S + V + O2 + for + O1

搭配介系詞 for 的授與動詞，主要有以下：buy、make、find、get、order（命令）、choose（選擇、決定）。

主詞	動詞	受詞 2		受詞 1
She	bought	a scooter	for	her son.

她買了一臺摩托車給兒子。

主詞　動詞　受詞 2　for　受詞 1

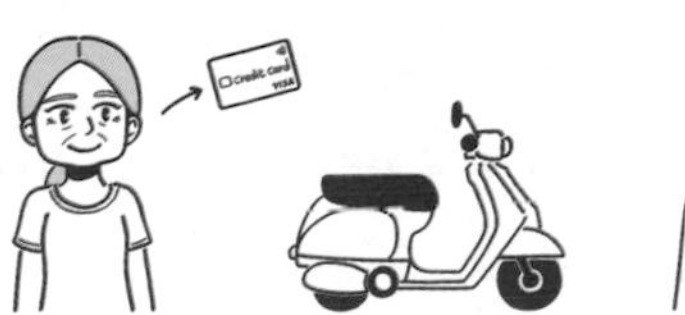

主詞		動詞	受詞2		受詞1
I	will	choose	a new laptop	for	my employee.

→ 我會選一臺新筆電給員工。

句型5：S＋V＋O＋C

句型5和句型3有點類似，在動詞後方加上受詞，再透過受詞補語（形容詞或名詞）做補充說明。不過，**句型5不能使用be動詞，而是像call（給～取名）、find**這類不完全及物動詞（按：除了受詞外，需要補語補充說明的動詞）。

主詞	動詞	受詞	補語
I	find	this book	interesting.

→ 我發覺這本書很有趣。

接下來，我們還要補充兩個進階句型，也就是疑問句和連接詞。在熟悉5種基本句型後，若能再擴充這兩個句型，相信各位會更如魚得水。

2 進階句型 1：把助動詞放句首，變疑問句

疑問句是我們最常使用的句型之一。用中文表達疑問句的時候，只要在字尾加上疑問詞「嗎」、「呢」即可。但英文可就不同了，需要將助動詞（請參考第 267 頁）移到句首，才能形成疑問句。

Aux. ＋ S ＋ V ＋ O／C？
（**助動詞** ＋主詞＋動詞＋受詞／補語？）

助動詞可分成一般助動詞、情態助動詞（modal verb），以下我們將用直述句改成疑問句的方式，為大家介紹例句：

一般助動詞：

be 動詞：am、are、is、were、was。

do 助動詞：do、does、did。

be 動詞：

You were angry last night.

→ 你昨晚生氣了。

助動詞	主詞	主詞補語	
Were	**you**	**angry**	**last night?**

→ 你昨晚生氣了嗎？

do 助動詞：

Thomas finished the project yesterday.

→ 湯瑪斯昨天完成這個專案了。

助動詞	主詞	動詞	受詞	
Did	**Thomas**	**finish**	**the project**	**yesterday?** ♫

→ 湯瑪斯昨天完成這個專案了嗎？

情態助動詞

另一種助動詞，稱為情態助動詞，可放在動詞的前面，或是放在主詞的前面，當作疑問句。一般用來改變主要動詞的意義，例如：表達「必須」、「可能」、「義務」、「允許」、「禁止」或「能力」等。常見的有：will／would、shall／should、can／could、may／might、must（詳細請參考第267頁）。

助動詞	主詞	動詞	受詞	
Will	Emma	travel to	the US	tomorrow?

→ 艾瑪明天會去美國旅行嗎？

助動詞	主詞	動詞	受詞
May	I	borrow	this book?

→ 我可以借這本書嗎？

主詞	助動詞		動詞	受詞	
I	might	not	go to	school	tomorrow.

→ 我明天可能不會去學校。

3 進階句型 2：連接詞

在溝通或英文書信寫作上，許多人經常犯的錯誤就是流水句，亦即一個英文句子裡，同時出現兩個以上的動詞。如果我們能夠正確掌握連接詞（連接兩個句子），就能有效提高英文寫作的豐富性，並避免文法錯誤。

S＋V＋O／C＋Conj.＋S＋V＋O／C

（主詞＋動詞＋受詞／補語＋連接詞＋主詞＋動詞＋受詞／補語）

一般來說，連接詞有三大類，這裡只會介紹等連接詞（coordinating conjunction）、從屬連接詞（subordinating conjunction）。

對等連接詞主要用來連接兩個結構相似，且能單獨存在的句子。最常用的對等連接詞有以下：

- but（但是）
- and（和）
- for（由於）
- so（因此）
- or（或）
- yet（可是）

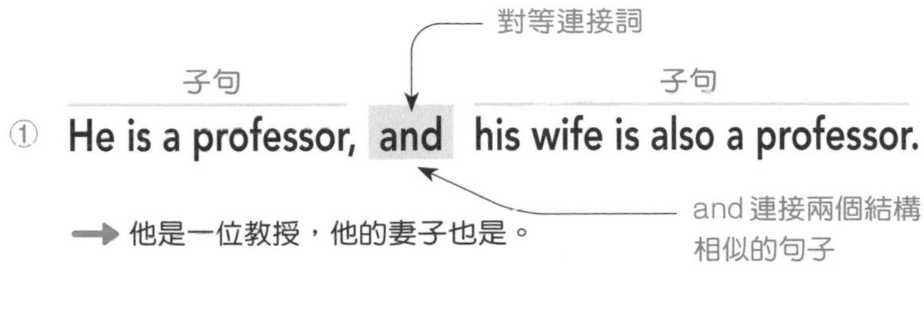

對等連接詞
子句
子句
① He is a professor, and his wife is also a professor.
and 連接兩個結構相似的句子
→ 他是一位教授，他的妻子也是。

子句

② Do you want to review the progress now, **or**

子句

do you want to review it next Monday?

→ 你要今天考察專案進度，還是下星期一？

③ Cindy rejected the offer last week, **so** she needs to find a new job.

→ 辛蒂上週拒絕了那份工作，所以她需要找到一個新工作。

從屬連接詞則可以連接複合的句子，一個為主要子句，一個為從屬子句，而後者不能單獨存在。最常用的從屬連接詞有：

- when（當……的時候）
- while（當……的時候）
- after（之後）
- before（之前）
- because（因為）
- although（雖然）

主要子句

① **Natalia went to visit her customer**

從屬子句

because there was a quality issue. ♫

➡ 因為有一個品質問題，娜塔莉亞跑去拜訪她的客戶。

主要子句

② **Tommy will arrange a meeting with the boss**

從屬子句

after he completes his work.

➡ 湯米在工作完成後，會與老闆安排一個會議。

第 3 天

六大動詞，10天速成英語表達

在了解英文句子的基本架構後，接下來我們要來認識核心動詞，讓大家對動詞、如何用英文完整表達自己的想法，更加得心應手。

今天學會這個

- 學會六大動詞：be 動詞、have、do、say、get、make。

Day 3

1 核心動詞＝六大動詞＋4種主題動詞

大家在國、高中都學過動詞，可是學到最後，卻常常因為字義太多，再加上其他的搭配詞，考試或口說都只能靠死記。

在這裡，我們要介紹日常生活中一定會用到的六大萬能動詞，包括be動詞、have、do、say、get、make；在下個章節，則會介紹4種主題動詞：靜態、動態、喜好、使役動詞；並以核心字義與生活實用例句，教你在各式場合正確表達。

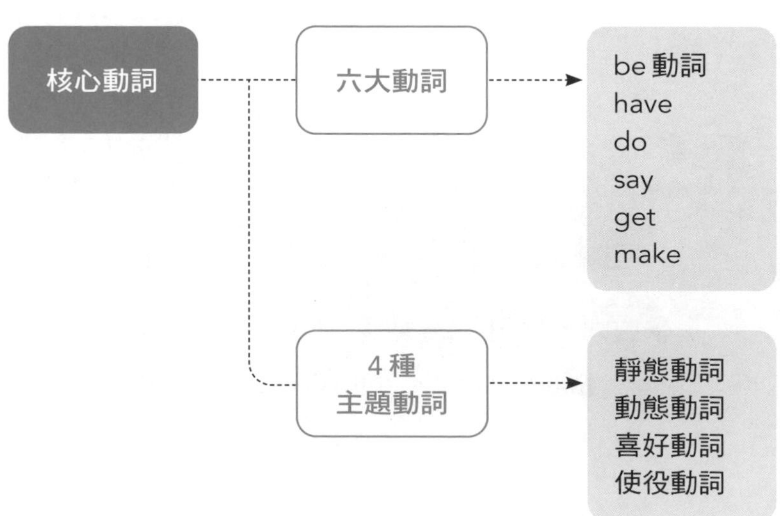

② be 動詞三姊妹

be 動詞是最常見的動詞，而 be 動詞只有 3 個：am、are、is，可說是 be 動詞家族裡的三姊妹。接著，請看以下情境對話。

接到客戶抱怨電話

A：This is no joke! There are some serious complaints in Taiwan.

這真不是開玩笑！臺灣有些嚴重的客訴案件。

B：I know. That's why I'm*here.

我知道。這也是為什麼我會在這裡開會。

＊I am 在口語中，我們常會講成 I'm。

在上述例句中，你會發現，不同的主詞國王，會配對不同的be動詞三姊妹，也就是am、are、is。在我們正式進入文法之前，先來試試你能不能幫be動詞三姊妹配對成功吧！

be動詞會依主詞變化

為了加深大家的印象，我們先透過例句來觀察be動詞的變化。請在下方例句空格中，填入適當的be動詞。

① **I ______ a musician.**
→ 我是一位音樂家。

② **You ______ amazing!**
→ 你超棒的！

③ **This cat ______ my pet.**
→ 這隻貓是我的寵物。

④ **He _____ my new co-worker.**
→ 他是我的新同事。

⑤ **My co-workers _____ all very nice.**
→ 我的同事們都很友善。

⑥ **Mary and her older sister _____ very pretty.**
→ 瑪麗和她姊姊都很漂亮。

〔解答〕

1. am 2. are 3. is 4. is 5. are 6. are

be動詞的兩大作用

從上述例句中，你能找出這些be動詞的規律用法嗎？be動詞主要有兩大功能：

① 介紹主詞：向別人介紹關於主詞的身分

例如：我＝音樂家；這隻貓＝我的寵物；他＝我的新同事。在這裡，**be動詞等同於「等於」的概念**。

② 形容主詞：

向別人形容關於主詞的特色。在這裡，be動詞用來連結**主詞以及形容詞**。例如：

You are **amazing** !
你 → 超棒的

My co-workers are **all very nice** .
我的同事們 → 都很友善

Mary and her older sister are **very pretty** .
瑪麗和她姊姊 → 很漂亮

一個完整的英文句子，不管是主詞的身分或是特性敘述，都需要一個動詞，於是be動詞就派上用場，成為句子裡具有聯繫概念，且不可或缺的動詞。

要讓be動詞三姊妹配對成功其實很簡單，除了主詞I（我）、you（你）以外，其他都只看主詞的數量做變化。**如果主詞是只有一個的單數，動詞用is；如果是兩個以上的複數，則用are**。

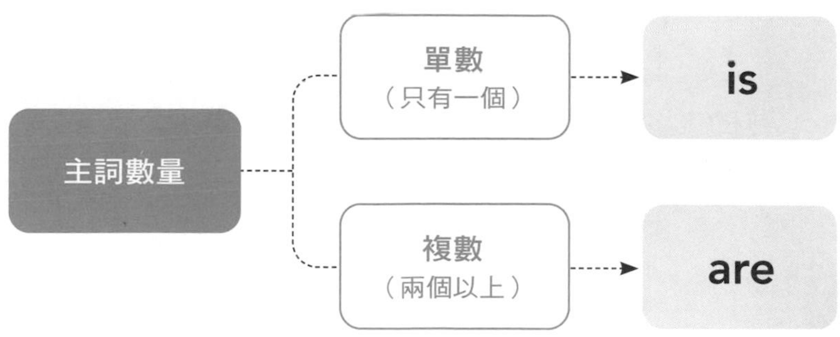

接著，我們來動動腦驗證以下兩句跟同事（co-worker）相關的句子，為什麼be動詞會不同？

He is my new co-worker.

他是我的新同事。

主詞 He → 單數 → be 動詞用 is

They are my co-workers.

他們是我的同事。

主詞 They → 複數 → be 動詞用 are

是的！be 動詞的變化，要看主詞的數量。

記憶小撇步

- I 最獨一無二，獨享 am。
- you（你／你們）最單純，不論單複數，都是用 are。

3 have

〔基本字義〕

通常用來表示單純的擁有，後面可接物品、疾病、天候狀況等具體或抽象的名詞。

美國黑人民權運動領袖馬丁・路德・金恩（Martin Luther King Jr.）的著名演講「I Have a Dream」（我有一個夢想），這裡的have是「有」的意思，但have其實是位風情萬種的皇后，不僅本身有不同的意義，後面若有不同的搭配詞，其涵義也不同。

比方說，當作使役動詞，則有「交付某人任務」的意思。這樣一字多義的萬能動詞，學起來絕對很划算，我們趕快來看以下對話練習吧！

確認晚餐邀約

A：I have lots of work to do, so I have to go to the office earlier. ♫

我今天有很多工作要做，所以我必須早點去辦公室。

B：Can you still have dinner with me tonight?

那你今晚還可以一起和我吃晚餐嗎？

A：Sure! Let's have fun tonight!

沒問題！今晚我們享受一下吧！

吃喝玩樂都能用 have 表達

在上述例句，have 是一般動詞，代表「擁有」的意思，例如：have lots of work，至於後面的 have to 則表示「必須去做某事」。

接著，我們來試試看能否填入相對應的意思吧！請在下列空格中，選擇適當的字母選項，讓語意變得更完整。

Ⓐ have（吃或喝）

Ⓑ have to（必須）

Ⓒ Have a nice day（祝福有美好的一天）

Ⓓ have（擁有）

Ⓔ have a break（休息一下）

Ⓕ have trouble（遇到麻煩）

① The next meeting will be at 11 am（下一場會議將會在上午11點）. Let's（讓我們）_____ ! ♫

② Do you _____ finding your glasses（找尋你的眼鏡）?

③ Can I _____ a glass of water（一杯水）?

④ Jackie and Mary _____ a house（房子）in Taichung（臺中）.

⑤ You don't _____ worry（擔憂）. Everything will be fine（一切會順利的）.

⑥ ______ , and I hope to see you soon（希望很快能再見到你）.

〔解答〕

1. E　2. F　3. A　4. D　5. B　6. C

從上面的練習，你是否有發現have動詞的多樣性呢？以下我們將從食、衣、住、行、育、樂六大面向的例句，再次證明have可是超級萬用。

食 **I usually have breakfast around 7 am.** ♫

→ 我通常大約早上7點吃早餐。

衣 **Angel and Selina have lots of stylish clothes.**

→ 安琪兒和賽琳娜擁有很多時髦的衣服。

住

My cousins have lived in New York for more than 20 years.

→ 我的表兄弟姊妹們已經住在紐約超過20年。

現在完成式：have＋過去分詞的基本句型，表現在還住在紐約。

行

Have a safe flight! ♫

→ 祝你一路順風！

育

You stink! You have to have a shower every day!

→ 你好臭！你必須每天都洗澡！

樂

Did you have a good time at the party yesterday? ♫

→ 昨天你在派對玩得開心嗎？

延伸用法

have it（擁有）

This is a good book. Do you have it?

➡ 這是一本很棒的書，你有嗎？

have a taste for A（偏愛 A）

What do you have a taste for?

➡ 你偏愛哪一種（食物或物品）？

have in（在～有）

What do you have in your pocket?

➡ 你的口袋裡面有什麼？

have A out（移除）

You'll have to have the tooth out.

➡ 你得拔掉那顆牙。

④ do

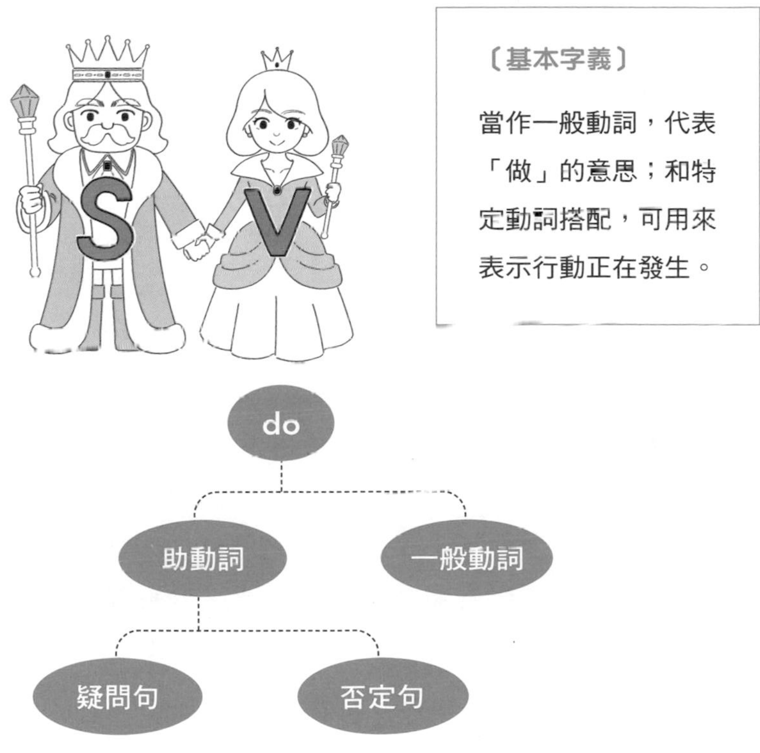

在常用動詞的舞會中，do皇后絕對不會缺席，因為她有兩個身分，一個是在疑問句以及否定句中會用到的助動詞；另外一個就是一般動詞，有「做」的意思。知名運動品牌的廣告語「JUST DO IT!」（做吧！），正是這樣的用法。接下來，我們就來看看do有哪些意思吧！

幫別人加油打氣 ♫

A：I still have a pile of things to do!

我還有一堆的事情要做！

B：Don't worry! Try to prioritize them and do your best.

不用擔心！試著排出工作的優先順序，然後盡力去做。

如上方例句所示，do 表示「做」、「行動」的意思；當你想表達問候時，也可以用：「How're you doing?」（How're 為 How are 的縮寫）。除此之外，**do 後面還可以接名詞，用來表示行為**，但很多人經常會誤用。接下來，請大家在下列空格中，填入常用的慣用動詞。

① 寫作業：______ homework

② 洗衣服：______ the laundry

③ 做瑜伽：______ **yoga**

④ 打羽毛球：______ **badminton**

⑤ 打保齡球：______ **bowling**

⑥ 仰臥起坐／伏地挺身：

______ **sit-ups**／______ **push-ups**

〔解答〕

1. do　2. do　3. do　4. play　5. go　6. do／do

經過上面的練習，就有機會突破以下兩個學習英文很需要具備的能力！

① 不直譯中文

有時，英文的用法不能直接從中文翻譯，必須先去了解道地的習慣用法，和外國人溝通時才會更順暢，以下為兩個常見的經典例子：

I write homework every day.（ × ）
I do homework every day.（ ○ ）
→ 我每天寫功課。

Can you help me wash the laundry?（ × ）
Can you help me do the laundry?（ ○ ）
→ 你可以幫我洗衣物嗎？

② 使用搭配詞，表各種作為

在上述例句，母語人士都是用動詞do來表達動作。那這代表，do的後面可以接所有的活動嗎？聰明的你一定也發現了：**「瑜伽」、「仰臥起坐／伏地挺身」，這類活動，使用的動詞是do**，但是羽毛球、保齡球，卻分別用到了play badminton、go bowling。

就像我們在中文會說一「朵」花，卻不會說一「匹」花，這就是**搭配詞**的概念，亦即**母語人士特有的習慣語法**。以下我們就用語庫分析的概念，分析歸納do、play、go的動詞搭配大原則吧！

do	play	go
yoga（瑜伽）	**badminton**（羽球）	**jogging**（慢跑）
Tai Chi（太極拳）	**table tennis**（桌球）	**skiing**（滑雪）
gymnastics（體操）	**baseball**（棒球）	**snorkeling**（浮潛）
ballet（芭蕾）	**volleyball**（排球）	**diving**（潛水）
taekwondo（跆拳道）	**board games**（桌遊）	**canoeing**（獨木舟）
judo（柔道）	**chess**（西洋棋）	**shopping**（逛街）

do後面接的活動大多具有非團隊競賽、可以一個人進行或是不需要器材的特性。	play後面的接的活動大多具有團隊競賽、需要配備器材的特性。	go代表做這些活動必須「去」到另外一個地方進行，且活動的名詞形式是「動詞＋ing」。

延伸用法

do a favor（幫忙）

Can you do me a favor? ♫

➡ 你可以幫我一個忙嗎？

do + ing（正在做）

What are you doing now?

➡ 你在正做什麼？

do + ing：表示現在進行式。

do a good job（做得很好）

You did a good job on this project. ♫

➡ 你這次的專案做得很好。

稱讚的其他說法：Well done!（很讚！）、You did well!（你做得很好！）

5 say

〔基本字義〕

表示「（誰）說」的意思，其他的相似詞有 tell、speak，但這三者的用法皆有些許差異。

say 一般用來表示對話是由哪個角色所「說」的，因經常會出現在故事或文章當中，say 可說是一位相當忙碌的皇后。

我們最常看到她穿著過去式的服裝 said 出場，只不過和中文不同的是，英文可以把對話的內容放在前方或後方。若是放在前方，就會先放說話內容，中間放上 said，最後再放說話者的名字（請參考下頁故事）。

《醜小鴨》（*The Ugly Duckling*）

"He looks weird," said Duckling One.

小鴨一號說：「他看起來怪怪的。」

"He looks clumsy and ugly," said Duckling Two.

小鴨二號說：「他看起來笨手笨腳，而且醜醜的。」

"Don't say that!" said Mother Duck.

鴨媽媽說：「不要這麼說！」

"He just looks different. Everyone is unique!"

「他只是看起來不一樣。每個人都是獨一無二的！」

關於「說」，除了say以外，還有tell／talk／speak。在介紹相關用法前，請在正確的句子括弧內畫◯，錯誤的句子畫上×。

① （　）**"I wasn't there," he said.**

→ 他說：「我不在那裡。」

② (　) **He said he wasn't there.**
➡ 他說他不在那裡。

③ (　) **He said that he wasn't there.**
➡ 他說他不在那裡。

④ (　) **He told he wasn't there.**
➡ 他說他不在那裡。

told 為 tell 的過去式。

⑤ (　) **She is always saying about herself.**
➡ 她總是說到她自己。

⑥ (　) **Do you speak English?**
➡ 你會說英文嗎？

〔解答〕

1. ○　2. ○　3. ○　4. ×　5. ×　6. ○

say／tell／talk／speak的用法區別

從上一頁的問題，你找到say和tell、talk、speak用法上的區別了嗎？

① say是「說＋內容」，tell是「告訴＋對象＋內容」

他說他不在那裡。

He said he wasn't there.（○）

He told he wasn't there.（×）

→ He told me he wasn't there.（○）

（me：受詞）

第2個句子的錯誤在於，由於tell是及物動詞，後方必須接間接受詞，因此第3個句子才是正確的。至於say，則通常用來引述他人的訊息，或是表達自己的意見、想法。

此外，當A傳遞訊息給B時，say和tell可以互換：

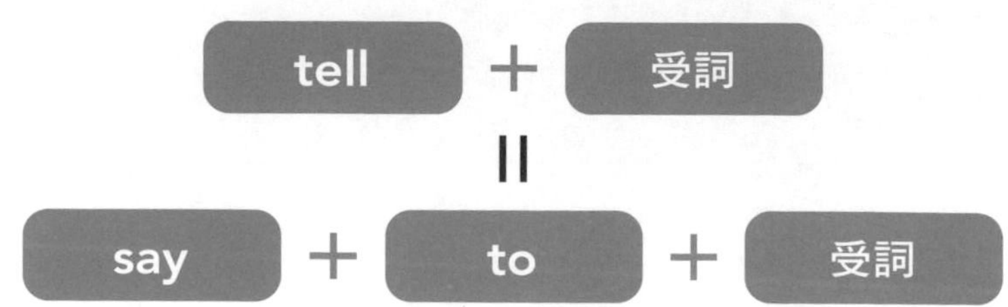

② talk：輕鬆場合的「交談」

她總是說到她自己。

She is always saying about herself.（×）
She is always talking about herself.（○）

不同的動詞會有不同的用法，第2個句子的**talk about＋某件事**，就是一組慣用的片語動詞，表示「**談論有關於~的事**」；而第1句，應改為：She is always **saying something about herself.**

③ speak：較正式的「談話」，也指「理解或講某個語言」

你會說英文嗎？

Do you speak English?（○）
Do you say "English"?（×）

say比較傾向單純的說話，而第2句的「Do you say English?」，意思是「你會說English這個字嗎？」，但不一定需要理解單字的意思；speak則帶有思考、理解其所表達訊息的意思，所以當我們要詢問別人是否能說某一種語言時，應該要用speak。

延伸用法

The weather forecast says（氣象報告說）

The weather forecast says it's going to rain tonight.

➔ 氣象預報說，今晚會下雨。

I am sorry to say（我很抱歉）

I'm sorry to say (that) I have to go. ♫

➔ 很抱歉我要走了。

Say hi（問候）

Say hi to your brother for me.

➔ 請代我向你哥問候。

6 get

〔基本字義〕

有得到、買到、趕上（交通工具）、抵達（某處）、染上（疾病）的意思。

在英文線上字典查詢get，你會發現，get的文法解釋多到滑鼠往下拉不完。因為光是定義，就至少超過20種，若當作片語動詞，其用法更是廣泛。短短3個字母的get，卻非常萬用，以下我們就透過對話和例句，來介紹get的基本用法。

提出建議 ♫

A：Shall we get a taxi to the station?

我們要搭計程車去車站嗎？

B：Sure, it's getting late.

好啊，時間也不早了。

get可以有許多的意思，例如搭乘交通工具，我們可以說get a taxi；後面也可以加上形容詞，表示成為、狀態的改變，例如：getting late。為了讓大家更熟悉用法，接下來，請試著找出最具對話關聯性的句子，並將下方答句的字母代號，填入下方及右頁問句的括弧內。

Ⓐ Yes, I saw that yesterday.（有的，我昨天看到了。）

Ⓑ I'm on it!（沒問題，我馬上去！）

Ⓒ Can I get you a cold drink?

（我可以給你一杯冷飲嗎？）

Ⓓ Get well soon!（祝你早日康復！）

Ⓔ It's a waterproof watch.（這是一隻防水手錶。）

Ⓕ Okay. Got it.（好。我明白了。）

① **What did you get for your birthday?** (　)

→ 你生日收到什麼禮物？

② **It's getting hot here.** (　)

→ 這裡開始變熱了。

③ **Did you get my postcard?** (　)

→ 你收到我的明信片了嗎？

④ **Can you get the phone?** ♫ (　)

→ 你可以幫忙接個電話嗎？

⑤ **I got a cold last night.** (　)

→ 我昨晚感冒了。

got為get的過去式。

⑥ **She will get upset if you ask her about the result of the contest.** (　)

→ 如果你問起她的比賽結果，她會感到沮喪。

〔解答〕

1. E　2. C　3. A　4. B　5. D　6. F

表示得到的 get

雖然get有很多種意思，但如果將幾個常見用法（獲得、變得、染上〔疾病〕、得到、收到、感到）彙整後，你會發現，不管取得的東西是實體或是抽象，「**得到**」**就是get的核心概念**，這對理解文法會更有幫助。

① 得到具體的東西

get可以是取得實際物品，如同下方例句中的禮物及明信片：

What did you get for your birthday?

→ 你生日收到什麼禮物？

Did you get my postcard?

→ 你收到我的明信片了嗎？

具體物品

② 得到抽象的事物

若要表達抽象的資訊、取得知識，也能用get，像我們口語常說的「Got it!」，就是取得資訊後，表示自己

「懂了」、「明白了」。另外，像是「染上」感冒等疾病，也可以用get，或者可以直接說：「I got sick.」（我生病了）。

Okay. Got it. ♫

→ 好。我明白了。

I got a cold last night.

→ 我昨晚感冒了。

抽象事物

記憶小撇步

- 當我們在職場工作或學校時，常有機會說：「Do you understand?」（你懂我的意思嗎？），但其實這是沒有禮貌的說法，更好的說法是：「Do you get it?」。

Do you understand?（×）

Do you get it?（○）♫

③ 成為、變得

get也可以用來表達情緒，比如說，get upset（感到沮喪，get可替換成be動詞或become）。當狀態有些轉變、變得不一樣時，例如身體轉好、咖啡轉涼、環境變熱，也可以用「**be getting ＋形容詞**」。

① **She gets really upset.** ♫
→ 她感到很沮喪。

② **Are you getting better?** ♫
→ 你身體有比較舒服了嗎？

③ **Your coffee is getting cold.** ♫
→ 你的咖啡要涼掉了。

表達情緒狀態

④ **It's getting hot here.**
→ 這裡開始變熱了。

記憶小撇步

- get可用於S＋V＋O＋C的句型（請參考第52頁），也就是把受詞當作補語。例如：「I get my teeth cleaned every six months.」（我每6個月會去洗一次牙）。

延伸用法

get A for B（買A給B）

I got "Animal Crossing: New Horizons" for my daughter.

→ 我買了《集合啦！動物森友會》給我女兒。

get to（到達某地）

Could you show me how to get to the zoo?

→ 你可不可以告訴我怎麼去動物園？

常見相似用法有：arrive at／in、reach＋地點，但日常生活中，get to的使用頻率較高。

get down to（開始做某事）

Let's get down to business. ♫

→ 讓我們開始進入正題吧！（更多get片語用法，請參考第128頁。）

7 make

〔基本字義〕

除了「製作」、「做成」，也可用來表示「使成為」、「引起」或「造成某事」。

make的字義也是至少超過20種以上，而且和get一樣萬用，常常出現在英語母語人士的對話中。

表達喜悅

A：I made* a chocolate cake for you.

我做了一個巧克力蛋糕給你。

＊made為make的過去式。

B：Thanks a lot! You made my day!

太謝謝了！你讓我好開心！

＊也可以說成：「You made me happy.」。

如上述對話所示，make後面可以直接加上受詞，例如：make a chocolate cake、make a chair（做椅子）。接下來，我們來試試看能不能填入相對應的意思吧！請依下列句子，選擇適當的字母選項，並填入空格中。

Ⓐ make a wish（許願）

Ⓑ make it（達成）

Ⓒ making friends（交朋友）

Ⓓ made（make的過去式）

Ⓔ make a decision（決定）

Ⓕ makes（製造）

① **This is a factory that _____ vehicles.**

→ 這是製造車輛的工廠。

② **Ang Lee _____ several amazing movies.**

→ 李安製作了好幾部很棒的電影。

③ **We must _____ by tomorrow.**

→ 我們必須在明天前做出決定。

④ **She's very good at _____. ♫**

➜ 她很擅長交朋友。

⑤ **I'm afraid that we can't _____. ♫**

➜ 我們恐怕沒辦法達成目標。

⑥ **You can _____ every day!**

➜ 你每天都可以許願！

〔解答〕

1. F　2. D　3. E　4. C　5. B　6. A

表示「做得到」的 make

同樣將make幾個常用意思（製作、導致等）彙整後，我們會發現，不管結果是實體／抽象，或是延伸為其他含義，都**一定會有一個過程，而「作／做」就是make動詞的核心概念**。

① 做出實體產品、成果：製造、製成、製作

當實體成品必須經過加工製造時，可以用make來表達，例如：製成車輛、木製桌子、咖啡、衣服等。

This is a factory that makes vehicles.

→ 這是製造車輛的工廠。

make表示製造，
做出實體產品、成果。
加工製作
過程

The table is made of wood.

→ 這張桌子是由木頭製成的。

Do you want me to make some coffee? ♫

→ 我煮些咖啡好嗎？

She makes her own clothes.

→ 她製作自己的衣服。

② 做出抽象的舉動、成果：製造、導致、完成、達到、進步、和好

當成果是抽象的事物時，make也能用來表達情緒、情況、決策等。例如：make friends，雖然字面上是「製造朋友」，但其實就是「交朋友」的意思。以下針對這兩個定義，為大家介紹更多例句。

（A）製造、導致、完成、達到

① **I'm not trying to make trouble for anyone.** ♫

➞ 我沒有想為任何人製造麻煩。

② **The kids made a real mess in the kitchen.**

➞ 孩子們把廚房弄得一團混亂。

③ **Someone has made a mistake.**

➞ 有人已經犯錯了。

④ **What made you change your mind?** ♫

➞ 什麼導致你改變主意了？

⑤ **I'm making an effort to keep fit.**

→ 我正努力的保持身材。

⑥ **We must make a decision by tomorrow.** ♫

→ 我們必須在明天前做出決定。

（B）其他延伸用法：組成、進步、合理、交朋友

① **This team is made up of eight members.**

→ 這支隊伍由8位成員組成。

② **We're making great progress.**

→ 我們有很大的進步。

③ **What she said makes sense.** ♫

→ 她所說的是合理的。

④ **He wants to make a living as a writer.**

→ 他想要當一名作家維生。

⑤ **He made up his mind to work hard.** ♫

→ 他下定決心要努力工作。

⑥ **My sister and I had a fight, but soon we made up.**

→ 我姊姊和我起了爭執，但很快就和好了。

⑦ **Can I make up the exam I missed?**

→ 我可以補考我錯過的考試嗎？

延伸用法

make up to（討好）

My co-worker is always making up to the boss.

→ 我同事總是在討好老闆。

make sure（確認）

I'd like to make sure that you have my reservation. ♫

→ 我想確認你們收到我的訂房。

confirm是確認事情的真假，而make sure則是確保一件事情會發生。

第 4 天

4種主題動詞，搞定日常會話

接下來，我們要介紹4種主題動詞，教你用最簡單的動詞，表達經驗、情緒、日常活動、喜好、指使或請求等。

今天學會這個

- 活用靜態動詞、動態動詞、喜好動詞、使役動詞；並透過充分表現四季氛圍的英文歌曲，帶大家學習4種主題動詞。

Day 4

前面我們學到了萬能的六大動詞，接下來我們要繼續來看核心動詞中的另外一部分——4 種主題動詞，分別是靜態動詞、動態動詞、喜好動詞，以及使役動詞（請參考下方心智圖）。

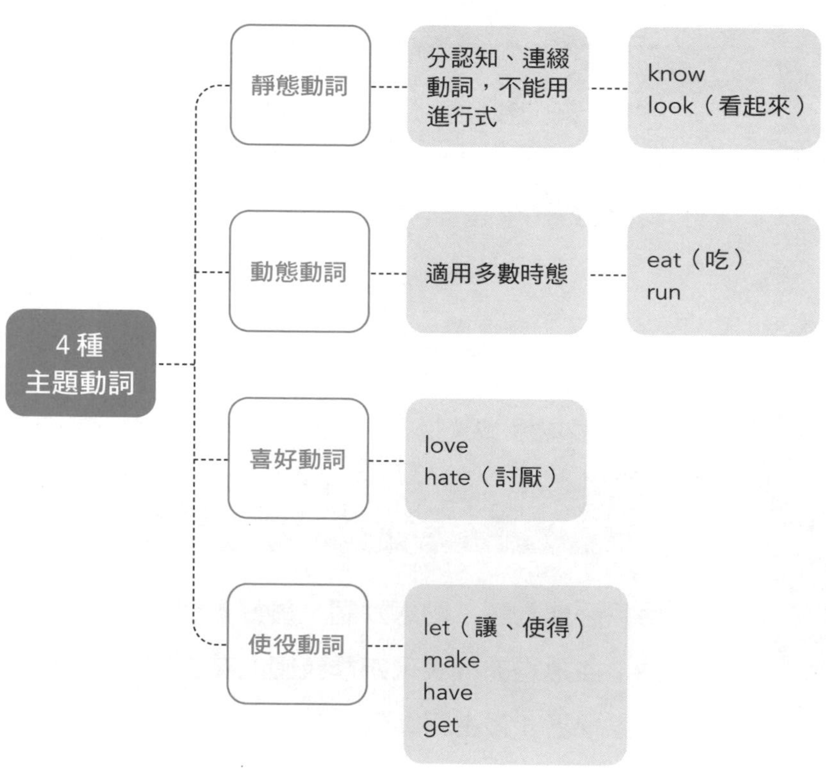

1 靜態動詞：表認知、經驗

靜態動詞又稱為狀態動詞，用來敘述認知、經驗，大致上可以分類為：

靜態動詞	單字	用法
認知動詞	know、 understand（理解）、 forget（忘記）	敘述心智活動上認知。
連綴動詞	look、sound、smell	看起來、聽起來、聞起來。

這類動詞最大的特色在於，**靜態動詞不能用進行式**（詳見第209頁）。以know這個動詞為例：「I know him.」（我知道他這個人），既然是表示認知的狀態，知道就是知道，不會有正在「知道」。

其實，從中文來看也是如此，中文也不會有「我正在知道他」這樣的說法。另一種很常用的則是連綴動詞，在此之前，大家先來聽聽看這首歌吧！

〈久違暖陽的春〉（*Here Comes the Sun*）

Little darling
It's been a long, cold lonely winter
親愛的，漫長寂寞的冬天已經結束

Little darling
It feels like years since it's been here
親愛的，太陽好像許多年沒露臉了

Here comes the sun
Here comes the sun, and I say
It's all right
太陽出來了，而我說一切沒事了

——披頭四（The Beatles）

這是英國經典樂團披頭四，在1969年創作的歌曲（此為2019年推出的mixed〔混音〕版本）。歌曲描寫漫長寂寞的冬天終於結束，在晴朗的春日裡，人們充滿著希望。而**春天，正是一個可以好好運用五感觀察生氣蓬勃大地的季節，這裡就要來介紹「連綴動詞」**，帶大家好好感受並且描述日常生活。

人類的感官有視覺、聽覺、嗅覺、味覺、觸覺，例如：看（look）、聽（sound）、聞（smell）、嚐（taste）和感覺、摸起來（feel），這些就是描述感官的連綴動詞。

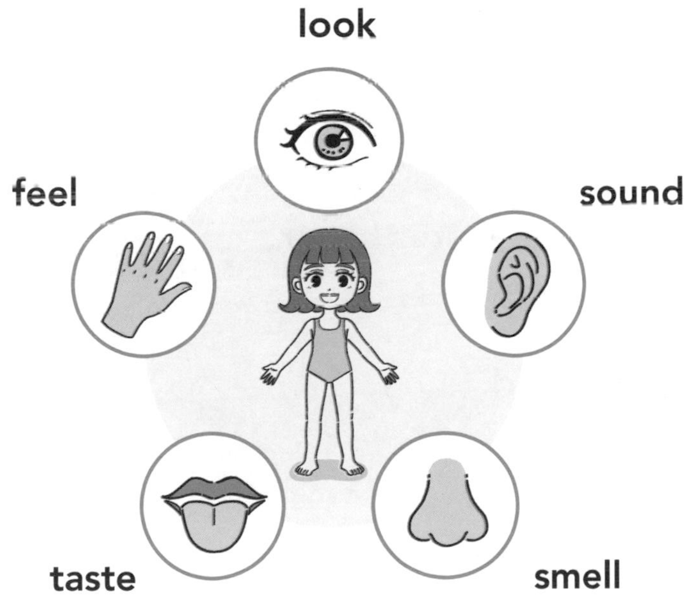

這些動詞當作「看起來」、「聽起來」、「聞起來」、「嚐起來」、「感覺起來」等意思時，後面可以**加上形容詞，當作這些感官的補充說明**，也可以用具體說明或比喻的方式描述自身的感覺。常用的兩種句型如下：

句型 1：主詞 + 連綴動詞 + 形容詞

① **Those girls look gorgeous.**

→ 那些女孩看起來美極了。

② **The barbecue smells delicious.**

→ 烤肉聞起來很香。

③ **This soup tastes bitter.**

→ 這湯嚐起來苦苦的。

④ **I feel tired.**

→ 我感到疲倦。

句型 2：主詞 + 連綴動詞 + like + 名詞

① **She looks like a princess.**

→ 她看起來像個公主。

② **He sounds like a good boss.** ♫

→ 他聽起來像是位好老闆。

③ **It smells like an rotten egg.**

➡ 它聞起來像一個臭雞蛋。

④ **This vegetarian food tastes like meat.**

➡ 這素食嚐起來像肉。

⑤ **I feel like a brand new person.**

➡ 我感覺像是嶄新的一個人。

文法急救包：英文的「看」、「聽」，怎麼分？

跟人體感官有關的動詞中，see／look／watch 都是「看」，hear／listen to 都是「聽」，要怎麼樣區分？

我們可以用「**有無主動意識**」以及「**持續時間長度**」來區分這些動詞。若是無意識、不經意「看」到或「聽」到，會使用 see 及 hear；若是主動去「看」或「聽」，會使用 look 及 listen to；最後，若是有意識持續了一段時間的「看」，則會使用 watch。

看		
	主動	不經意
短時間	look	see
長時間	watch	

聽	
主動	不經意
listen to	hear

以下更多例句，可幫助大家快速理解及應用：

① **I saw him this morning.**

→ 我今天早上看到他。

saw = see 的過去式。

② **I looked everywhere, but I couldn't find my glasses.**

→ 我每個地方都找遍了，但是沒能找到我的眼鏡。

③ **Look at the time! We're late!**

→ 看看現在什麼時間了！我們遲到了！

④ **I had dinner and watched TV for a couple of hours.**

→ 我吃了飯，然後看了幾個小時電視。

⑤ **I heard the phone ring.**

→ 我聽到電話鈴響。

heard = hear的過去式。

⑥ **What kind of music do you listen to?**

→ 你聽哪一類的音樂？

② 動態動詞：表日常活動

動態動詞是動詞裡面的大宗，指的是追、趕、跑、跳、碰等「動作」，比如：日常活動（吃、喝、盥洗、清潔、工作）、休閒活動（唱歌、玩樂器、跑步、瑜伽、潛水、跑步、衝浪）、狀態改變的「過程」（成長、變化）等，都可以用動詞來表達。

相對於靜態動詞不適合使用進行式，**動態動詞可以應用在**簡單式、進行式等各種時態。而且，**大多數動詞均屬於動態動詞**。

〈夏日氛圍〉（*Summer Vibe*）

I want to feel the sunshine, hit the sand
我想要感受陽光的溫暖，碰觸著細沙

Take a walk in the waves, with nothing else to do
在浪花裡，悠遊自在的漫步

——地球漫步樂團（Walk off the Earth）

這是由加拿大獨立樂團地球漫步，於2012年所發行的作品。掃描左頁QR Code，你會發現，這首MV除了有小狗在海邊玩水、自然海浪的聲音，還搭配了烏克麗麗、口風琴、吉他、鼓聲，以及和諧的人聲，一整個非常有夏天的氛圍。

夏天雖然炙熱，但各種活動盛行，接下來我們會從日常生活及休閒活動，向大家介紹動態動詞、口語會話的相關應用。

① 詢問日常作息的問題：簡單式

When do you eat breakfast?

→ 你都什麼時候吃早餐？

How often do you vacuum the floor?

→ 你多久用吸塵器吸一次地板？

Do you need to sweep the floor?

→ 你需要掃地嗎？

Do you brush your teeth every morning?

→ 你每天早上會刷牙嗎？

What time do you wake up on weekdays? ♫

→ 平日你都幾點醒來？

Where do you walk your dog?

→ 你去哪裡遛狗？

Do you iron the clothes for your kids?

→ 你會幫你的小孩燙衣服嗎？

Does your dad help hang the clothes?

→ 你爸爸會幫忙晒衣服嗎？

How long does it take you to drive to work? ♫

→ 開車去工作花費你多少時間？

Would you please set the table? Our dinner will be ready shortly.

→ 可以請你幫忙擺設餐具嗎？我們的晚餐快要準備好了。

日常生活中的動態動詞

eat	吃	**vacuum**	吸塵
sweep	打掃	**brush**	刷
wake up	醒來	**walk**	走
iron	燙	**hang**	晒
drive	開車	**set**	準備、擺設

② 詢問參與活動的經驗：完成式／過去式

Have you ever been snorkeling?

→ 你曾經去浮潛嗎？

Have you ever run a marathon?

→ 你曾經跑過馬拉松嗎？

How many miles did you cycle?

→ 你自行車騎了幾哩路？

How many nights did you camp?

→ 你們露營了幾個晚上？

What did you wear when you went hiking?

→ 你健行時穿什麼？

Did you go bungee jumping or skydiving before?

→ 你之前去過高空彈跳或是跳傘嗎？

表經驗的動態動詞

snorkel	浮潛	**run**	跑步
cycle	騎腳踏車	**camp**	露營
go hiking	健行	**go skydiving**	跳傘
go bungee jumping		高空彈跳	

3 喜好動詞：表達喜愛或厭惡程度

喜好動詞，指的是可以表達出自己愛恨情仇的動詞，而喜愛或是厭惡的程度，則可以直接用不同的動詞來表達、溝通。

〈愛一個人〉（*Love Someone*）

Cause when you love someone
因為當你愛一個人

You open up your heart
你敞開胸懷

When you love someone
當你愛一個人

You make room
你學會包容

——盧卡斯葛拉漢（Lukas Graham）

盧卡斯葛拉漢是一支來自丹麥的樂團，而這首〈愛一個人〉就是主唱寫給太太的情歌——感謝她總在自己最艱難的時刻予以無私的陪伴。

每到節慶熱鬧非凡、家人相聚一堂的秋季，尤其適合播放這首歌。若提到喜好動詞，「愛」最充滿力量的。在充滿愛的歌曲氛圍下，就讓我們來介紹喜好動詞吧！以下將依5個不同程度的喜好溫度計：「熱愛」、「喜歡」、「中立」、「討厭」、「厭惡」，來說明常用的動詞表達方式。

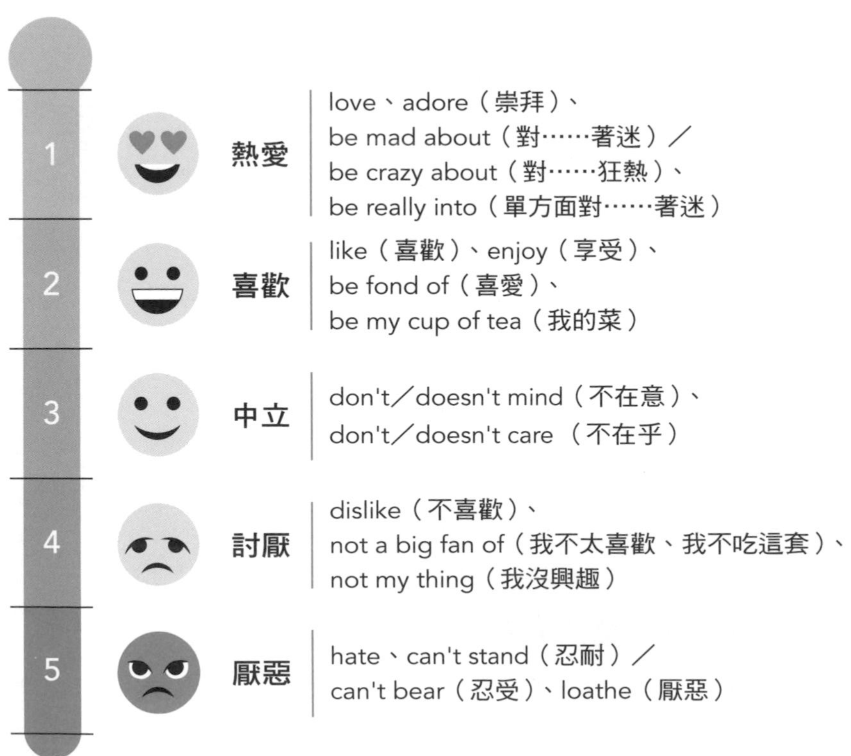

1
熱愛
love、adore（崇拜）、
be mad about（對……著迷）／
be crazy about（對……狂熱）、
be really into（單方面對……著迷）
2
喜歡
like（喜歡）、enjoy（享受）、
be fond of（喜愛）、
be my cup of tea（我的菜）
3
中立
don't／doesn't mind（不在意）、
don't／doesn't care （不在乎）
4
討厭
dislike（不喜歡）、
not a big fan of（我不太喜歡、我不吃這套）、
not my thing（我沒興趣）
5
厭惡
hate、can't stand（忍耐）／
can't bear（忍受）、loathe（厭惡）

喜好程度	例句
熱愛	① I really love eating ice cream in summer. → 我超愛在夏天吃冰淇淋。 ② She has only one son and she adores him. → 她很寵愛她唯一的兒子。 ③ My sister is mad about knitting. → 我姊姊很著迷於編織。 ④ He is crazy about Jay Chou's latest album. → 他為周杰倫的新專輯而癡狂。 ⑤ When my dad was young, he was really into politics. → 當我爸年輕時，他很投入於政治上。
喜歡	① I like your new haircut. → 我喜歡你的新髮型。 ② I enjoyed that movie Top Gun 2. → 我很喜歡《捍衛戰士 2》那部電影。 ③ Many people are fond of gardening. → 很多人喜歡園藝。 ④ Video games are my cup of tea. → 電玩是我的最愛。

喜好程度	例句
中立	① I don't mind doing all the housework. → 我不介意做所有的家事。 ② I don't really care about what they say. → 我不太在意他們所說的話。
討厭	① She doesn't like cooking very much. → 她不太喜歡烹飪。 ② I dislike basketball, but I enjoy baseball. → 我討厭籃球，但我喜歡棒球。 ③ I'm not a big fan of cheese. → 我討厭起司。 ④ Dancing is not my thing. → 我不喜歡跳舞。
厭惡	① He hates traveling by plane. → 他很厭惡坐飛機去旅遊。 ② I can't stand her voice. → 我無法忍受她的聲音。 ③ My brother can't bear being bored. → 我弟弟受不了無聊。 ④ She loathes her ex-husband. → 她憎恨她的前夫。

與外國人交流時，談論喜歡的人、事、物，都是很好的交流話題，例如：食物、電影、書籍、歌手、歌曲、球星、運動、活動等。以下為常用的問句：

① **Do you like to go hiking on weekends?**
→ 週末你喜歡健行嗎？

② **What's your favorite book?**
→ 你最喜歡的書是什麼？

③ **Are you a big fan of Taylor Swift?**
→ 你喜歡歌手泰勒絲嗎？

在談論上述問題或是表達喜好時，我們即可依左頁的心情溫度計，練習更多相似的動詞用法，讓你對於人事物的喜好表達，不會僅僅只有 I like（我喜歡）或是 I don't like（我不喜歡）。

文法急救包：like的六大用法

聽外國人講話時，常會出現like這個字，like也有不同的意思嗎？

的確，like是英語母語人士常用的單字。美國著名女歌手泰勒絲（Taylor Swift）在2022年紐約大學（New York University）畢業典禮的致詞上，就提及了近20次的like。

以下整理6種最常見的like用法，同時也引用泰勒絲富含人生智慧的演講金句來輔助說明。

① **表示「喜歡」**

Do you like fish?

→ 你喜歡魚嗎？

② **「像」、「與……相似」**

She sings like an angel!

→ 她唱起歌來像天使！

③ 在網路社群上「按讚」

Like us on Facebook! ♫

➔ 在臉書上幫我們按讚吧！

④ 「例如」，等於 such as

She looks best in bright colors, like red and pink.

➔ 她穿鮮亮色的衣服最漂亮，如紅色和粉色。

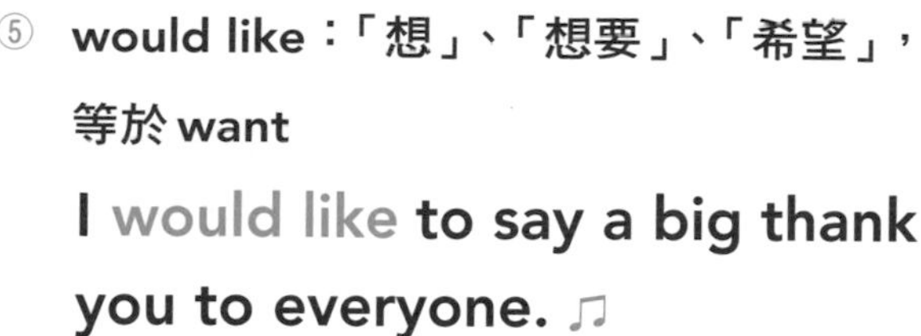

⑤ would like：「想」、「想要」、「希望」，等於 want

I would like to say a big thank you to everyone. ♫

➔ 我想對每一個人表達由衷的感謝。

⑥ feel like：「想要」、「想做」

I feel like (having) a cool glass of lemonade.

➔ 我想要（喝）一杯冰檸檬汁。

進階學習

向大明星學英文：泰勒絲演講金句

① I won't tell you what to do because no one likes that.

我不會告訴你如何做，因為沒有人喜歡那樣。

I will, however, give you some life hacks I wish I knew...

然而，我將會給你一些，我希望自己可以早點知道的人生祕訣。

② ...for the entirety of 2012, I dressed like a 1950s housewife.

整個 2012 年，我穿得像 1950 年代的家庭主婦。

But you know what? I was having fun.

但你知道嗎？我很愉快。

③ I would like to say to you, you should be very proud of what you've done with it.

我想要對你們說：「你們應該要為你們目前達到的成就而感到驕傲。」

4 使役動詞：表指使或要求

使役動詞通常會翻譯成「使～做某件事」，或是「讓～發生」，有「指使」或「要求」的意思，比起其他動詞，不僅更有強制性，語氣也更為肯定。

〈放手〉（*Let Her Go*）

Well, you only need the light
when it's burning low
只有在光芒漸滅時，才需要燈火

Only miss the sun when it starts to snow
只有在大雪紛飛時，才懷念旭日

Only know you love her when you let her go
只有讓她離去時，才發現你深愛她

——吟遊詩人（Passenger）

這是由英國創作型歌手吟遊詩人所創作，YouTube點閱率超過33億次的冠軍神曲。這首歌聽起來淡淡的，沒有太多的修飾，卻撫慰了無數歌迷的心。歌詞是在述說珍惜要趁早，不要在失去後後悔莫及，充分展現了恬靜反思的冬天氛圍。

英文句子中，通常會有一個主詞和一個動詞，但這首的歌曲名稱〈Let Her Go〉卻沒有主詞，只有let和go這兩個動詞。

而這也正是使役動詞的特色：「**使（動詞1）做某件事（動詞2）**」，亦即**一句話裡有兩個動詞**。

最常見的使役動詞有let，另外make／have／get這幾個萬能動詞，也可當作使役動詞。以下介紹let／make／have／get的句型用法，要特別注意的是，get和其他使役動詞不一樣，**動詞2前面要多加一個to**。

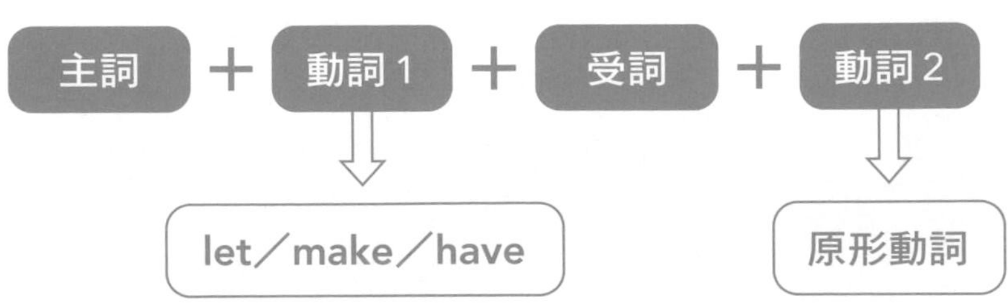

使役動詞的用法		
let	let 有「讓、允許」的意思，後面的動詞必須用原形動詞。	**Please let me know if you need any help.** ♫ 如果你需要任何的幫忙，請讓我知道。
make	make 有「強迫」某人做某事的意思，後面的動詞必須用原形動詞。	**My boss made me do extra work for him last Sunday.** ♫ 我的老闆上週日強迫我幫他做額外的工作。
have	have 後面的受詞若是人，有「交付」某人任務、「要求」某人做某事的意思；後面的動詞必須用原形動詞。	**My mom had me do the dishes.** ♫ 我媽媽交代我要洗碗。

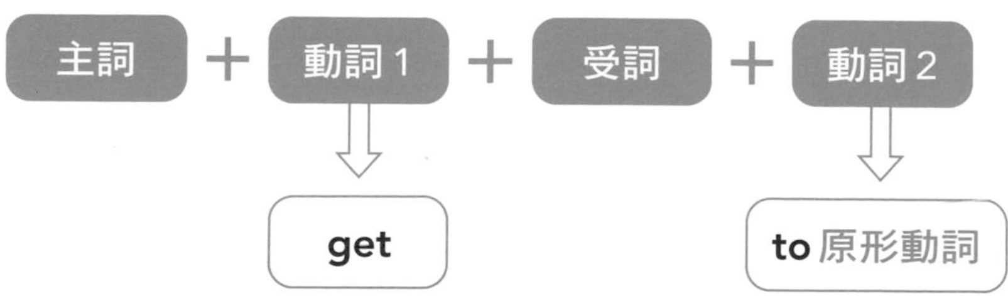

get	get 有「叫」、「說服」、或「鼓勵」某人做某事的意思；後面的動詞必須用「to + 原形動詞」。	**How can I get all the students to arrive on time?** 我要如何讓所有的學生都準時到達？

雖然這幾個使役動詞的用法很相似，但我們還是可以做進一步的區分：let為「允許」之意；若要表達「命令」時，make為「強迫」、have為「要求」、get為「說服」。不過，語言的使用是彈性的，這些語意的區分僅作為參考。若以「命令」的意思來看，其力道依序為：

make（強迫）> **have**（要求）> **get**（說服）> **let**（允許）

第 5 天

職場、考試、生活，一定會用到的片語動詞

在這個章節，我們要介紹出場率最高的片語動詞，讓你英語學得好、說得更自然。

今天學會這個

- 出場率最高的片語動詞，例如：get on、take off、look up、come on 等。
- 針對容易混淆的片語動詞，一次全搞懂。

Day 5

學完前面的章節，大家應該知道動詞有多神通廣大了吧！光是一個動詞，就有好多種意思，組成千變萬化的英文句子。

在這個章節，我們要來幫動詞「化妝」！什麼意思呢？也就是幫動詞加上各式各樣的介系詞或副詞，讓它們搖身一變，成為「片語動詞」，產生更多不一樣的意思。比方說：

這些片語動詞都跟日常生活、工作、上學等息息相關，大家學起來之後，就可以應用在會話當中！那話不多說，Let's go!

老外常用的動詞：

get （第 128 頁）	**take** （第 139 頁）
look （第 149 頁）	**run** （第 161 頁）
come （第 169 頁）	**turn** （第 177 頁）
show （第 184 頁）	**put** （第 189 頁）

1 get

get有很多種意思，而本章介紹的6個片語動詞都跟「到達（某地）」有關。

大家可以先猜猜看它們分別代表什麼意思，閱讀完整個章節後，再回來確認答案。

連連看

get on ▪	▪ 起床
get off ▪	▪ 上（大型交通工具）
get into ▪	▪ 上（小型交通工具）
get out of ▪	▪ 下（大型交通工具）
get up ▪	▪ 下（小型交通工具）
get away ▪	▪ 走開

get on

這個片語有「上（大型、騎乘類）交通工具」的意思。大型工具是指裡面可以站立、走動的交通工具，像是 bus（公車）、train（火車）、ship（船）等；而騎乘類交通工具是指 horse（馬）、bicycle（腳踏車）、scooter（摩托車）。例句如下：

上大型、騎乘類交通工具

① **I am getting on the bus.** ♫
→ 我正在上公車。

② **I can't get on this bicycle.**
→ 我上不了這臺腳踏車。

記憶小撇步

● on 有「在……上面」的意思，想成你乘坐在公車「上」，或者騎在機車「上」，這樣就好記多啦！

get off

相反的，get off 就是指「下（大型、騎乘類）交通工具」。比方說，你想跟朋友說自己幾點下飛機：

① **We will get off the plane at 11 pm.** ♫

→ 我們會在晚上 11 點下飛機。

下大型、騎乘類交通工具

或是警察臨檢時，可能就會說這句：

② **Please get off your scooter.**

→ 請從你的機車上下來。

記憶小撇步

- off 有「離開、遠離」的意思，像是 drive off（開走）、run off（跑走），所以離開某個交通工具，會用 get off。

get into

前面提到get on，是指「上大型交通工具」；如果是小型交通工具，car（汽車）、taxi（計程車）等，則會搭配get into。

① **I don't want to get into that smelly taxi.**
→ 我不想要進去那輛臭臭的計程車。

② **The bad guy got into the van.**
→ 那個壞人進到廂型車裡頭。

got是get的不規則過去式。

記憶小撇步

- into有「進到某個空間」的意思，相較於get on後面接大型交通工具，get into則用在小型交通工具。大家可以想成：把自己「塞進」一個無法站立的狹小空間。類似的片語還有get into bed（進到床裡面＝上床）。

get out of

如果要「下（小型交通工具）」，則會用get out of。例句如下：

① **A lady got out of the SUV.**

→ 一位女士從休旅車上下來。

② **The policeman asked me to get out of the car.**

→ 警察叫我從車子上下來。

記憶小撇步

- out是「外面」的意思，所以get out of除了可以指「下車」，也有「離開某個空間」的意思，像是get out of bed（離開床）、get out of here（離開這裡）。

get up

這個片語大家比較熟悉，get up 就是指「起床」。比方說，你想要敘述每天幾點起床時，就可以說：

① **I get up at six every day.**

→ 我每天 6 點起床。

父母叫孩子起床時，可能會這樣說：

② **Get up right now! The school bus is coming.**

→ 立刻起床！校車要來了。

記憶小撇步

- up 有「向上」的意思，所以 get up 自然有「起來、起床」的意思。

文法急救包：get up和wake up的差別

get up和wake up都有「起床」的意思，這兩者到底差在哪？

準確來說，wake up是指「醒來」，也就是恢復意識；而get up是指「起床」，也就是離開被窩。所以你有可能wake up，卻還沒有get up。另外，**wake someone up**則解釋成「**叫醒某人**」。講了這麼多，右頁我們來看個賴床的對話，加深印象吧：

get up
起床，離開被窩。
wake up
代表醒來，卻還沒起床。

Dad：Time to wake up! It's seven o'clock.

爸爸：該起床了！7 點鐘囉。

Kid：Well, let me sleep for another five minutes.

小孩：嗯，讓我再睡 5 分鐘。

（30 minutes later）（30 分鐘後）

Dad：Hey! Why are you still in bed? Get up right away, or you won't catch the school bus.

爸爸：嘿！你怎麼還在睡？馬上起床，不然你就要趕不上校車了。

Kid：Okay... I've woken up....

小孩：好……我醒了……。

延伸單字：

time to do something	該做某事
in bed	睡覺、在被窩裡
right away	馬上
catch	趕上（車）

get away

如果想要敘述「走開、離開（某地）」，我們也可以用 get away。例如：

① **I will get away from work in ten minutes.** ♫

→ 我 10 分鐘後會離開辦公室（亦即下班）。

除此之外，get away 也可以引申為「**休息；度假**」的意思。

② **I want to get away for a few days.**

→ 我想要休息個幾天。

記憶小撇步

- away 有「離開（某地）」的意思。大家可以想成：get away 就是從一個地方或狀態離開，所以才會解釋成離開某地、休息。

小試身手

請依下方例句，在空格內填入正確的答案。

① **Jason stayed up** (熬夜) **last night, so he couldn't** ______ (get away／get up) **this morning.** ♫

→ 傑森昨晚熬夜，所以他今天早上起不來。

② **Harry and Hermione** ______ (got on／got into) **the train to Hogwarts.**

→ 哈利和妙麗搭上開往霍格華茲的火車。

③ **I plan to** ______ (get off／get away) **for a week at Christmas.**

→ 我計畫要在聖誕節假期休息一週。

④ **We will** ______ (get out of／get off) **the Uber in 10 minutes.**

→ 我們 10 分鐘後會下 Uber。

⑤ **I** ______ (get out of／get away) **from work at 6 pm every day.**

➡ 我每天晚上 6 點從公司離開。

〔解答〕

1. get up　2. got on　3. get away

4. get out of　5. get away

2 take

本篇要介紹跟 take 有關的片語動詞。

take 本身有「拿、帶走、減去」的意思。像是 take your umbrella，就是「拿你的傘」。

這邊我們要介紹3組片語，大家可以先猜猜看以下片語分別代表什麼意思，閱讀完整個章節後，再回來確認答案！

連連看

take off	▪	▪	拿出
take away	▪	▪	脫掉（衣物）
take out	▪	▪	拿走、帶走

take off

如果想敘述「脫掉（衣物）」，像是clothes（上衣）、pants（長褲）、socks（襪子）、shoes（鞋子）等，我們會用take off這個片語。例如：

① **It's hot. I want to take off my T-shirt.**

→ 天氣好熱。我想要脫掉我的T恤。

② **We need to take off our shoes at the entrance.**

→ 我們必須在玄關把鞋脫下來。

除了「脫掉」之外，take off還有兩種常見的意思。第一個是指「**（飛機）起飛**」，比方說機長可能會廣播：

③ **The plane will take off soon.**

→ 飛機很快就要起飛了。

另一個意思則是「**請假**」。這個用法會將請假天數寫在take和off的中間：「**take＋天數＋off**」。例如：請一天假，就是take a day off；請兩天假，則是take two days off，以此類推。以下來看幾個例子：

④ **I want to take two days off.**

→ 我想要請假兩天。

⑤ **My colleague will take a day off next week.**

→ 我的同事下週會請假一天。

記憶小撇步

- take有「拿走、減掉」的意思，off則有「離開」的意思。合在一起，take off就有「減掉衣物、飛機離開地面、減掉天數」的意思。這個片語比較複雜，大家可以多多聯想和練習！

take away

take away是指「拿走、帶走」。例如，會議結束時，主持人可能會廣播：

① **Please take away the garbage.**

→ 請把垃圾帶走。

② **You can take away the food if you want.**

→ 如果想要的話，你們可以把食物帶走。

記憶小撇步

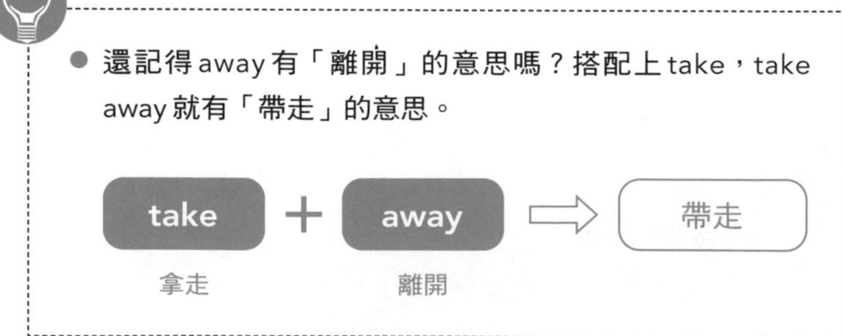

- 還記得away有「離開」的意思嗎？搭配上take，take away就有「帶走」的意思。

take out

相信懂得舉一反三的你，一定可以猜出這個片語的意思吧？take out就是指「拿出」，例如從包包、抽屜等，拿東西出來，就可以這樣說：

① **Bob took out his wallet.**

→ 鮑伯拿出了他的皮夾。

> took是take的不規則過去式。

② **Please take out your ID card.**

→ 請拿出你的身分證。

「倒垃圾」，英文則會說take out the garbage／trash：

③ **My roommate took out the garbage for me.**

→ 我的室友幫我把垃圾拿出去。

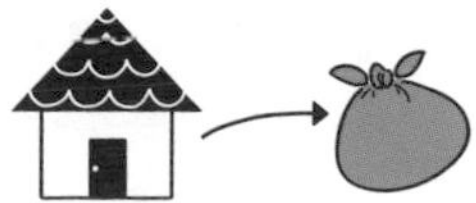

另外，take out也有「外帶（食物）」的意思。比方說，點餐時你可以這樣說：

④ **I want to take out three boxes of fried rice.**

→ 我想要外帶3盒炒飯。

進階學習

點餐時，還有哪些道地的用法？

① I'd like to have ＋餐點名稱（I'd是I would的縮寫）

I'd like to have a cup of coffee. ♫

我想要來杯咖啡。

② May I have ＋餐點名稱？

May I have a McFlurry?

我可以來個冰炫風嗎？

③ Can I get ＋餐點名稱？

Can I get a cheese burrito?

我可以來個起司墨西哥捲餅嗎？

記憶小撇步

- take out看似有很多不同的意思，但其實都是從「拿出」延伸出來的。像是倒垃圾，其實就等同於「把垃圾從家裡拿出去」，外帶就是「把食物帶出餐廳」。

文法急救包：take away和take out的差別

看完take away和take out這兩組片語後，大家應該有發現這兩者意思很像吧！其實，將中間的空格拿掉之後，**takeaway和takeout都可以指名詞「外帶餐盒、外帶餐廳」**。差別只在於，英式英文比較常用takeaway，而美式英文比較常用takeout。

以下，我們來看一組對話，熟悉這幾個字的用法吧：

A: It's lunchtime. Do you want to eat in or eat out?

A：午餐時間到了。你想要在家吃還是去外面吃？

B：I prefer eating at home, but I don't feel like cooking.

B：我比較想在家吃，但我不想煮。

A：How about we have takeout? ♫

A：不然我們買外帶如何？

B：Good idea! I know there's a new Thai restaurant around the corner. Let's try it out.

B：好主意！我知道附近有一家新開的泰式餐廳。我們試試看吧。

(At the restaurant)

（在餐廳）

A：I want two green curries. Take out.

A：我想要兩份綠咖哩。外帶。

The staff：All right, two curries to go. Anything else?

店員：好的，兩份咖哩外帶。還要其他的嗎？

A：That's all. Thank you.

A：就這樣。謝謝。

延伸單字表：

eat in	在家裡吃
eat out	去外面吃
prefer	比較想要
not feel like doing something	不想要做某事
how about	不如……怎麼樣
around the corner	附近
try something out	嘗試看看某物
to go	外帶
that's all	就這樣

小試身手

請依下方例句，在空格內填入正確的答案。

① **I am busy now. Can you** ______ (take away／take out) **the garbage?**

➡ 我現在很忙。你可以把垃圾拿去倒嗎？

② **Sam ______** (took off／took away) **his clothes and took a shower.**

➡ 山姆脫掉衣服去洗澡。

③ **Please ______** (take out／take off) **your textbook** (課本) **and turn to page 25.**

➡ 請拿出你的課本並翻到25頁。

④ **My parents ______** (took out／took away) **my phone because the midterm** (期中考) **is coming.**

➡ 我的父母拿走我的手機，因為期中考快到了。

⑤ **I took a day ______** (out／off) **because I didn't feel good.** ♫

➡ 我請假一天，因為我不舒服。

〔解答〕

1. take out 2. took off 3. take out

4. took away 5. off

3 look

look有「看、小心」的意思。本篇要介紹6個跟look有關的片語動詞。大家可以先猜猜看它們分別代表什麼意思，閱讀完整個章節後，再回來看看自己有沒有寫對！

連連看

look after	▪	▪	期待
look up	▪	▪	尋找、搜尋
look for	▪	▪	照顧、照料某人
look out	▪	▪	快速瀏覽
look through	▪	▪	小心、注意
look forward to	▪	▪	查詢

look after

如果想要表達「照顧、照料某人」，我們就可以使用 look after。

① **The nanny looks after three kids at the same time.**

→ 那位保母同時照顧 3 個小孩 。

② **Can you look after my dog for a while?**

→ 你可以照顧我的狗一下子嗎？

除了照顧有生命的人或動物，look after 後方也能搭配物品，這時可以理解成「**照顧、愛惜、負責某事物**」。以下我們來看兩個例子：

③ **Megan looks after her car very well.**

→ 梅根把她的車照顧得很好。

④ **Dad is in the hospital. I need to look after his business now.**

→ 爸爸在住院。我現在必須負責打理他的公司。

記憶小撇步

- after 有「在……之後」的意思，例如想請對方先進去某地，你就可以說：「After you.」（在你之後）。
  換言之，就是「你先請」。
  因此，當 look after 代表「在後面看著」的意思時，其實就是「照顧、照料」，這樣是不是比較好聯想了呢？

look up

look up的意思是「查詢」，後面大多會接要查詢的事物。舉凡查字典、在網路上查資料等，都可以用look up來表示。

① **Amy looks up words in a dictionary.**

→ 艾米在字典上查單字。

② **You can look up the restaurant's number on Google.**

→ 你可以在谷歌上查詢那家餐廳的電話號碼。

記憶小撇步

- up除了「向上」之外，還有「徹底、完全」的意思。例如：finish up（吃光）、close up（緊閉）。
  因此，look up就有點像是追根究柢的過程，也就是「查詢」的意思。

look for

若想表達「尋找、搜尋」，我們可以用 look for，在後面接上人或事物即可。

① **I was looking for my key this morning.**

→ 我今天早上在找我的鑰匙。

② **I have been looking for my dog for a week.**

→ 我已經找我的狗找了一星期了。

記憶小撇步

- for這個介系詞有「為了……」的意思。從字面上來看，look for something 是「為了某事物而看」，其實就是「尋找某物」的意思。

文法急救包：look for和find的差別

look for是指「尋找」，強調的是找的過程；而**find**則是**「找到」**，強調的是結果。所以，**find不能用進行式**，畢竟你不會「正在找到」。

以下，我們來看一組對話：

A：What are you doing?

A：你在做什麼？

B：I am looking for my wallet. It is missing.

B：我在找我的皮夾。它不見了。

A：Oh...let me help you. We can look for it together.

A：噢……讓我幫你吧。我們可以一起找。

（5 minutes later）（5分鐘後）

B: Hey! I found it!

B：嘿！我找到了！

A: Where did you find it?

A：你在哪裡找到的？

B: I found it in the bin.

B：我在垃圾桶找到的。

延伸單字表：

missing	不見的
together	一起
bin	垃圾桶

look out

想請他人「小心、注意」時，我們就可以大喊「Look out!」來提醒對方。

① **Look out! It's slippery here.**

→ 小心！這裡很滑。

② **Look out! A car is coming!**

→ 注意！有一輛車開過來了！

記憶小撇步

● 大家可以想像，當別人大喊「Look out!」的時候，其實是要你把目光從原本的事物上「移出來」，所以才會搭配out這個介系詞！

look through

look through 的意思是「快速瀏覽、快速閱讀」，而且目的通常是為了快速找到想要的資訊。

① **Kate is looking through the recipe.**

→ 凱特正在快速瀏覽食譜。

② **The interviewer has looked through my resume.** ♫

→ 面試官已經快速看過我的簡歷。

記憶小撇步

- through 代表「從頭到尾、自始至終」的意思；look through 代表「整個看過一遍」，也就是「快速瀏覽、快速閱讀」。

look forward to

當你想要表達「期待某件事情的到來」，我們就可以用 look forward to。

比方說，如果很期待放假，你就可以說：

① **The kids are looking forward to the holiday.**

→ 小朋友們很期待假期。

而在人際交往中，look forward to 也是很實用的結語。像是在道別時，你可以說：

② **We are looking forward to seeing you.**

→ 我們很期待見到你。

③ **I am looking forward to hearing from you.** ♫

→ 我很期待聽見你的消息。

記憶小撇步

- forward 有「向前、向未來」的意思，所以 look forward to，看向未來，其實也就是「期待未來發生的事件」。

小試身手

請依下方例句，在空格內填入正確的答案。

① **I** ______ (looked forward to／looked up) **the word "smart" in the dictionary.**
→ 我在字典中查詢「smart」這個字。

② **The police are** ______ (looking for／looking up) **the missing child.**
→ 警方正在搜尋走失的小孩

③ **I'm** ______ (looking for／looking forward to) **the long weekend** (連假)**.**
→ 我很期待連假。

④ ______（Look out／Look through）**! There is a giant bee flying around you!**

➡ 小心！有一隻大蜜蜂繞著你飛來飛去！

⑤ **I have** ______（looked through／looked up）**your work. I think it is great.**

➡ 我已經快速看過你的作品。我覺得很棒。

⑥ **I have to** ______（look after／look out）**my sister on Thursday.**

➡ 我星期四必須照顧我的妹妹。

⑦ **I** ______（looked for／found）**NTD 50 dollars in my pocket**（口袋）**.**

➡ 我在我的口袋裡找到新臺幣 50 元。

〔解答〕

1. looked up 2. looking for 3. looking forward to

4. Look out 5. looked through 6. look after 7. found

4 run

run這個動詞，相信大家應該都很熟悉了吧！本篇我們要介紹5個跟run「跑」有關的片語動詞。

大家可以先猜猜看它們分別代表什麼意思，閱讀完整個章節後，再回來看看自己有沒有寫對！

連連看

run away	▪	▪	偶然碰見
run into	▪	▪	跑走、逃跑
run around	▪	▪	用光、用盡
run after	▪	▪	追逐、追趕
run out of	▪	▪	跑來跑去

run away

經過前面的練習，想必你能猜出這個片語的意思了吧！沒錯，run away就是「跑走、逃跑」的意思。舉個簡單的例子：

① **The thief ran away.**
➡ 小偷逃跑了。

ran是run的不規則過去式。

如果想表達「從某個地方逃跑」，我們就可以用「run away from＋地點」。

② **The sisters ran away from home.**
➡ 那對姊妹離家出走。

記憶小撇步

● 在這個片語中，away一樣是「離開」的意思。幫大家複習一下前面學過的片語：get away是「離開」，而take away則是「拿走」。

run into

這個片語有兩種常見用法。第一個是偶然碰見、無意遇見，通常後面會接遇見的對象，寫成「run into＋某人」。

① **Chris ran into his ex-girlfriend yesterday.** ♫

→ 克里斯昨天遇見他的前女友。

run into 也有「撞到、撞上」的意思，主詞通常會是開車的人或交通工具，後面再接人或事物。

② **He ran into a telegraph pole.**

→ 他撞上了電線桿。

記憶小撇步

- 除了「進到某個空間」的意思以外，into 也有「碰上、撞上」的意思。所以，run into 才會解釋成「碰見、撞到」。此外，如果要表達撞到，我們也可以用 crash into（撞毀、撞壞）。

run around

這個片語解釋為「跑來跑去、四處跑」。

① **The kids are running around on the playground.**

➞ 小朋友在操場上跑來跑去。

這個片語也可以代表「很忙、事情很多」的意思：

② **The secretary is running around.**

➞ 祕書忙進忙出。

記憶小撇步

- around 有「四處、圍繞」的意思，例如：sit around the table（圍著桌子坐）、walk around（走來走去）。
  而 run around 有「跑來跑去」的意思，因此也可以引申為「很忙」。

run after

這個片語也很好聯想，意思是「追逐、追趕」，例如想敘述貓追老鼠、警察追小偷時，就可以說：

① **The cat is running after the rat.**

→ 那隻貓在追老鼠。

② **The police are running after the thief.**

→ 警方正在追捕小偷。

記憶小撇步

- after 有「在……之後」的意思，所以 run after 字面上是「跑在後面」，也就是「追逐、追趕」的意思。

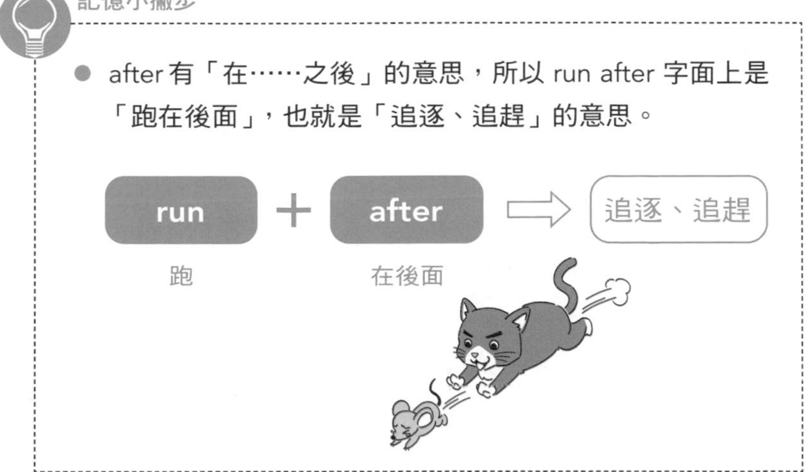

run out of

run out of意思是「用光、用盡」，後面可以接上某種物資，例如車子沒油或者食物吃完時，你可以說：

① **Sam ran out of gas on the highway.**

➡ 山姆在高速公路上沒油了。

② **We have run out of milk. Can you get us some?**

➡ 我們牛奶用完了。你可以買一點嗎？

除了實際物品之外，片語後面也可以接上抽象的事物，例如：**run out of time**，也就是「用完時間」。

③ **We're running out of time. Hurry up!**

➡ 我們要沒時間了。動作快！

④ **I have run out of ideas.**

➡ 我已經沒有點子了。

記憶小撇步

- 除了「離開某個空間」的意思，out of 還可以解釋成「沒有」，各位可以想像成：「離開擁有的狀態」。因此，當 run out of 字面上代表「從擁有的狀態跑走」，其實就是「用完、用光」的意思。

小試身手

請依下方例句，在空格內填入正確的答案。

① **The teacher has** ______ (run out of／run around) **patience** (耐心) **.**

➜ 老師已經失去耐心了。

② **My dog likes to** ______ (run after／run away) **roaches** (蟑螂) **.**

➜ 我的狗喜歡追蟑螂。

③ **I'm busy. I have been** ______ (running around／running away) **all morning.**

➜ 我很忙。我整個早上都忙得團團轉。

④ **Cathy** ______ (ran after／ran into) **her high school classmates.**

➜ 凱西遇見她的高中同學。

⑤ **He** ______ (ran out of／ran into) **an old man and** ______ (ran away／ran around)**.**

➜ 他撞到一個老人，然後逃跑了。

〔解答〕

1. run out of　2. run after　3. running around

4. ran into　5. ran into／ran away

5 come

come是「來」的意思，本篇會介紹5個跟come有關的片語動詞。

大家可以先猜猜看它們分別代表什麼意思，閱讀完整個章節後，再回來看看自己有沒有寫對！

連連看

come out	▪	▪	來某人的家
come along	▪	▪	加油、快說
come over	▪	▪	出來
come up with	▪	▪	想出、提出（計畫或主意）
come on	▪	▪	跟隨、一起來

come out

字面上解釋成「出來」的意思。

① **My cat is hiding in the closet and doesn't want to come out.**

→ 我的貓躲在衣櫥裡面，不想要出來。

② **The sun finally came out.**

→ 太陽終於出來了。

came是come的不規則過去式。

come out也可以引申為「出版（書籍、電影、唱片等）、發行」。比方說：

③ **His new novel is coming out in November.**

→ 他的新小說將於11月發行。

記憶小撇步

- out代表「外面」，所以come out也可以解釋成「（作品）出來外面」，也就是指「出版、發行」。

come along

這個片語非常適用於社交場合。come along 可以解釋成「跟隨、一起來」。比方說，你要去吃飯，想問同事要不要跟，就可以問：

① **I'm going to have lunch. Do you want to come along?** ♫

→ 我要去吃午餐。你要一起來嗎？

② **You guys are going to have a drink? I'll come along.**

→ 你們要去喝一杯？我要跟。

記憶小撇步

- along 有「一同、一起」的意思，例如：bring my wife along（帶著我的老婆一起）、work along with you（跟你一起工作）。而 come along，自然就有「一起去」的意思。

come over

意思是「來某人的家」，通常是指短暫拜訪，在人際交往中很常使用。例如你可能就會跟朋友這樣說：

① **They will come over tomorrow after work.**

→ 他們明天下班會來我家。

② **Do you want to come over for dinner?**

→ 你想來我家吃晚餐嗎？

記憶小撇步

- over代表「越過、從A地到B地」，像是fly over（飛過去）、climb over（爬過去），所以come over就有「從某個地方過來」的意思。想像一下，說話者目前是在家中，其實就是「過來家裡」的意思。

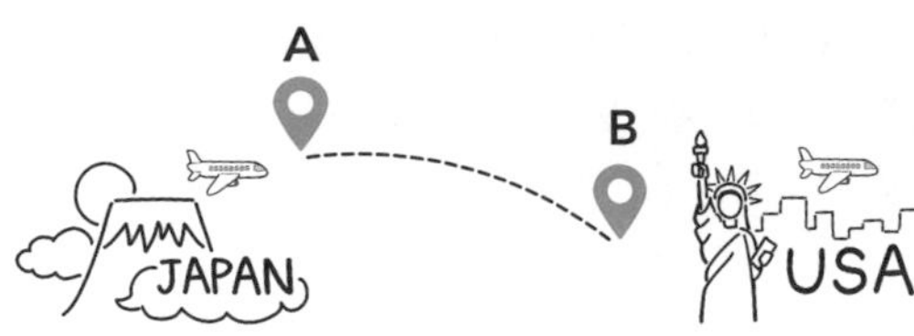

come up with

這個片語稍微有點抽象，come up with 是指「想出、提出（計畫或主意）」，後面常常接上 plan（計畫）、idea（想法）、answer（答案）等事物。

I just came up with a new plan. ♫

→ 找剛剛提出一個新計畫。

記憶小撇步

- up 除了「向上」之外，還有「出現、發生」的意思，而 with 則表示「伴隨」。因此，當 come up with a plan 代表「伴隨著一個計畫」時，其實就是「想出、提出一個計畫」。

come on

以下介紹兩個最常見的使用情境。come on 可以解釋成「**加油、快說**」，**用來鼓勵對方說出或做某件事**。

① **Come on, Anna! Just tell me what happened!**
→ 快說吧，安娜！就告訴我發生什麼事了吧！

② **Come on! You can do it!** ♫
→ 加油！你做得到的！

在口語情境中，come on 也可用來表達不敢置信或生氣的情緒，類似於中文裡的「拜託、最好是、少來了」。

③ **Oh, come on! What are you doing?**
→ 噢，拜託！你在幹嘛？

④ **Come on! That can't be true.**
→ 少來了！那不可能是真的。

記憶小撇步

- 當你在鼓勵他人時，很自然會出現往「上」招手的手勢。你可以一邊喊著加油（Come on!），一邊做這個動作，加深印象！

小試身手

請依下方例句，在空格內填入正確的答案。

① **I have never been to a concert**（演唱會）**before. Can I** ______（come along／come on）**with you?**

➡ 我之前從來沒去過演唱會。我可以跟你一起去嗎？

② **Do you want to** ______（come up with／come over）**tonight? We are going to have a party.**

➡ 你今晚想要來我家嗎？我們要辦派對。

③ **Zoe** ______ (came up with／came along) **the answer and raised her hand.**

➞ 柔依想出了答案並舉起手。

④ **The stars will** ______ (come out／come on) **later. Let's take out our telescope** (望遠鏡)**.**

➞ 星星等等就會出來了。拿出我們的望遠鏡吧。

⑤ ______ (Come on／Come over) **! You are doing great so far** (目前為止) **!**

➞ 加油！你目前為止做得很棒！

〔解答〕

1. come along 2. come over 3. came up with

4. come out 5. Come on

6 turn

turn有「轉動、旋轉」的意思，例如：turn your head是指「轉頭」、turn right則是「右轉」。

本篇會介紹3個跟turn有關的片語動詞。大家可以先猜猜看它們分別代表什麼意思，閱讀完整個章節後，再回來看看自己有沒有寫對！

連連看

turn on	▪	▪	繳交
turn off	▪	▪	打開（電器）
turn in	▪	▪	關閉（電器）

turn on

意思是「打開（電器）」。像是light（電燈）、TV（電視）、computer（電腦）等電器，都會用turn on。

① **Please turn on the light.** ♫

➡ 請把電燈打開。

② **Grace turned on her laptop.**

➡ 葛瑞絲把筆電打開了。

像是瓦斯爐、水龍頭等，需要轉動開關來打開的東西，也是用turn on來表示。

③ **The child turned on the tap.**

➡ 那個小朋友打開水龍頭。

記憶小撇步

- on有「運行、運轉」的意思，例如：The TV is on，就代表「電視是開著的」；若再搭配turn（轉動開關），turn on就表示「打開（電器）」。

turn off

相反的，「關閉（電器）」的英文則是 turn off。

① **I turned off the computer for him.**
→ 我幫他把電腦關機。

而在電影院中，播放正片前，你可能會看到銀幕上提醒大家：

② **Please turn off your phone.**
→ 請把手機關機。

記憶小撇步

- off 有「斷電、停止運轉」的意思。日常生活中的電器按鈕或延長線上的開關，上面都會標注 on 和 off。

文法急救包：turn on／turn off 和 open／close

大家一定很好奇，為什麼明明都是「打開、關閉」，英文卻要分成 turn on／turn off，以及 open／close 這兩組不同的用法？

其實，只要好好拆解一下「打開」這個動作，你就會發現英文其實大有邏輯。

我們說的「打開電視」，其實不是真的把電視機拆開來、看看裡面的零件。這個「打開」是指開啟電源、讓它運轉的意思。同樣的，「關閉電視」也不是像關門一樣，要把門合起來。

open the TV（×）

➡ 拆電視。

真的拆電視

turn on the TV（〇）

➡ 開電視。

打開電視看

在釐清這兩者的差異後，我們來看以下日常對話：

A：Could you please open the windows? It's a bit stuffy here.

A：可以請你打開窗戶嗎？這裡有點悶。

B：Okay. I'll also turn on the fan.

B：好。我把電風扇也打開。

B：Oh, no! It's raining outside. Let's close the windows.

B：噢不！外面在下雨。我們把窗戶關起來吧。

A：Sure. And I'll turn off the fan and turn on the AC instead.

A：好。然後我也把電扇關掉，改開冷氣。

延伸單字表：

stuffy	悶熱的
AC（air conditioner）	冷氣機
instead	作為替代、改為

turn in

turn in的意思是「遞出、繳交」，在職場上經常會用到。例如：

① **You need to turn in your revision by Friday.** ♫

→ 你必須在星期五前繳交修改過後的版本。

② **Jason turned in his notice yesterday.** ♫

→ 傑森昨天遞出了辭呈。

記憶小撇步

- 除了「裡面」的意思，in也有「收到」的意思。想像一下，對方收到你的東西，不就代表你「轉交」給他了嗎？
  而hand in跟turn in的意思一樣，都是「繳交」，兩者都很常見，各位讀者可以一併記下來！

小試身手

請依下方例句，在空格內填入正確的答案。

① **Don't forget to** ______ (turn off／turn in) **your report tomorrow.**
→ 別忘了明天要交你的報告。

② **Make sure** (確保) **to** ______ (turn off／turn down) **the heater** (暖氣) **before you leave.**
→ 確保在你離開前把暖氣關掉。

③ **My brother** ______ (turned on／turned off) **the stove and cooked ramen** (拉麵)**.**
→ 我哥打開瓦斯爐煮拉麵。

〔解答〕

1. turn in 2. turn off 3. turned on

7 show

show有「出現、展現」的意思，我們在中文裡常說的「秀」給人家看，就是取自show的音譯。

本篇一樣會介紹3個跟show有關的片語動詞。大家可以先猜猜看它們分別代表什麼意思，閱讀完整個章節後，再回來看看自己有沒有寫對！

連連看

show up ▪	▪ 出席、露面
show off ▪	▪ 帶某人參觀、四處看看
show around ▪	▪ 炫耀

show up

這個片語的意思是「出席、露面」。比方說，你跟別人約好了卻沒出現，對方可能就會問你：

① **Why didn't you show up yesterday?**

→ 你為什麼昨天沒出現？

或者跟團出門玩時，領隊可能會交代集合時間：

② **The bus will depart at 7 am. Please show up on time.**

→ 巴士會在早上 7 點發車。請準時出現。

記憶小撇步

- 還記得嗎？up 有「出現、發生」的意思，所以當人出現在集合或約定地點，也就是「出席」。

show off

如果你想表達「炫耀」，就可以用 show off 來表示。比方說，你可以這樣簡單形容愛炫耀的人：

① **Kate likes to show off.**

→ 凱特很喜歡炫耀。

show off 後方也可以加上一項事物或成就。

② **She is showing off her new sports car.** ♫

→ 她在炫耀她的新跑車。

③ **Sam likes to show off his muscles.**

→ 山姆喜歡炫耀他的肌肉。

記憶小撇步

- off 可以用來強調動詞，例如：drink off（喝光）、finish off（整個完成）。show 本身是「展示、給別人看」，因此，show off 也可引申為「刻意給別人看、炫耀、賣弄」的意思。

show around

這個片語也很實用！當你想要表示「帶某人參觀、四處看看」時，就會用show around。但要注意，這個「某人」會放在show和around中間，寫成show someone around。

① **I can show you around.**

→ 我可以帶你四處參觀一下。

② **Can you show Jessie around the campus?**

→ 你可以帶潔西參觀一下校園嗎？

記憶小撇步

- around有「四處、圍繞」的意思，我們前面學過run around是指「跑來跑去」，而show someone around也就「四處秀給人家看」，亦即「參觀」的意思。

小試身手

請依下方例句，在空格內填入正確的答案。

① **Why didn't you ______** (show off／show up) **at the meeting?** ♫

→ 為什麼你沒出席會議？

② **I just moved here. Can you show me ______** (up／around) **?**

→ 我才剛搬來。你可以帶我四處看看嗎？

③ **Ken ______** (showed up／showed off) **his figure** (身材) **on Instagram.**

→ 肯在 Instagram 上炫耀他的身材。

〔解答〕

1. show up　2. around　3. showed off

8 put

put是「放、放置」的意思，要特別注意一下，put是不規則動詞，為三態同形，現在、過去和過去分詞通通都是put。

本篇照慣例會介紹3個跟put有關的片語動詞。大家可以先猜猜看它們分別代表什麼意思，閱讀完整個章節後，再回來看看自己有沒有寫對！

連連看

put up ▪	▪ 放下
put down ▪	▪ 舉起、升起
put on ▪	▪ 穿戴（衣物）

put up

如果想表達「**舉起、升起**」，我們就會用put up來表示。比方說「舉手」，就叫做put up your hand，「升旗」就叫做put up a flag。以下為教室中常見的句子：

① **If you have any questions, please put up your hand.** ♫

→ 如果你有任何問題，請把手舉起來。

put up也有「**搭建**」的意思，例如：put up a tent，就是「搭帳篷」；put up an umbrella，就是「撐傘」；put up a building，則是「蓋房子」。

② **He put up the umbrella.**

→ 他撐起了傘。

③ **The government plans to put up a stadium here.**

→ 政府計畫要在這裡建一座體育館。

記憶小撇步

- put up字面上是「往上放」的意思，所以可以引申為「舉起、建造」。

put up your hand 舉手	put up a building 蓋房子

put down

相反的，put down就是「放下」的意思。

① **Gary put down his bag in the living room.**

→ 蓋瑞把他的包包放在客廳裡。

而考試結束時，老師會說：

② **Time's up. Put down your pen.**

→ 時間到。筆放下來。

put down 也有「掛斷電話」的意思。

③ **Mom put down the phone.**

→ 老媽把電話掛上。

記憶小撇步

- down 有「往下」的意思，例如：sit down（坐下）、lie down（躺下）。
  大家可以多多利用這些常見的片語，幫助自己記憶！

put on

還記得我們前面有學過「脫衣服」怎麼說嗎？沒錯，就是 take off！這裡的 put on 則是指「穿戴（衣物）」。

其實不只服裝，像是 watch（手錶）、necklace（項鍊）、ring（戒指）等配件，也都可以用 put on 和 take off。

① **Put on your raincoat. It's raining outside.**
→ 穿上你的雨衣。外面正在下雨。

② **The child put on her pajamas.**
→ 小朋友穿上了她的睡衣。

記憶小撇步

● 大家可以想像幫洋娃娃穿脫衣服的情境。
把衣服「放上去」，就是 put on（穿上）；把衣服「摘掉、拿掉」，就是指 take off（脫掉）。

文法急救包：put on 和 take off

You：I want to try on the pink blouse! It looks lovely.

你：我想要試穿那件粉紅色襯衫！它看起來好漂亮。

Your friend：Okay. You can put on the blouse in the fitting room.

你朋友：好。你可以去試衣間穿上那件襯衫。

You：What do you think?

你：你覺得怎麼樣？

Your friend：I think it looks good on you, but your pants don't match it.

你朋友：我覺得你穿起來很好看，但你的長褲不搭。

You：Then can you get me a nice pair of jeans? I'll take off my pants.

你：那你可以幫我拿一件好看的牛仔褲嗎？我來把我的褲子脫掉。

延伸單字表：

try on	試穿
lovely	漂亮的
fitting room	試衣間
look good on you	很適合你、你穿起來很好看
match	搭配

小試身手

請依下方例句，在空格內填入正確的答案。

① **The students** ______ (put on／put up) **the flag every morning.**

→ 學生們每天早上都升旗。

② ______ (Put off／Put down) **the knife! It's dangerous!**

→ 放下刀子！很危險！

③ ______（Put on／Take off）**your socks before you wear sneakers**（運動鞋）**.**

➡ 在你穿運動鞋之前，穿上你的襪子。

④ **Mike is going to** ______（put up／put down）**a hotel in the neighborhood**（社區）**.**

➡ 麥克要在社區蓋一間旅館。

〔解答〕

1. put up　2. Put down　3. Put on　4. put up

第 6 天

5 種基礎時態變化，一次掌握

如果說動詞是一個句子的核心，那麼時態變化可說是打好文法句型的地基。接下來，就讓我們來介紹 5 種基礎時態變化！

今天學會這個

- 學會基礎時態變化，包括現在簡單式、現在進行式、過去簡單式、過去進行式、未來式。
- 活用 5 種時態變化，練習肯定句、否定句、問句。

Day 6

在這個章節中，我們要來幫大家打穩基礎，掌握主詞國王、動詞皇后和各種時態之間的愛恨情仇！

怎麼說呢？請大家先看以下的句子，一樣都是由主詞 I 和動詞 eat 組合而成，但這 5 個句子，卻表達了截然不同的狀況，也就是英文最常用的 5 種基礎時態變化。

① **I eat apples.**

→ 我吃蘋果。

② **I am eating apples.**

→ 我正在吃蘋果。

③ **I ate apples.**

→ 我吃了蘋果。

④ **I was eating apples.**

→ 我當時正在吃蘋果。

⑤ **I will eat apples.**

→ 我等等會吃蘋果。

① 現在簡單式

首先是「現在簡單式」。現在簡單式的句型非常簡單，就是由主詞國王和動詞皇后聯手打造，寫成「**主詞＋動詞**」。

雖然句型很簡單，但大家可不要小看**現在簡單式**，因為它可以用來表達3種情況：**事實或狀態、真理與習慣**。光是這樣讀，大家可能記不起來，我們直接來看說明：

① 事實或狀態

表示以現在的時間點來說，該敘述為事實。例如：表達情感、喜好、住哪裡、在哪工作等。

I like to take a walk in the park in the evening.

→ 我喜歡傍晚時在公園裡散步。 喜好

We live in Taiwan.

→ 我們住在臺灣。 住哪的事實、現在的狀態

Grace is sad because she got dumped.

→ 葛瑞絲很難過，因為她被甩了。 現在很難過的情感

② 真理

如果是幾乎不變的真理、規律等，我們也會用現在簡單式來表達，比如科學現象、生命週期等。

We have a lot of rain in summer.

→ 我們夏天會下很多雨。 科學現象

We have 是美式口語的常見說法。

Mother's Day is on the second Sunday of May.

→ 母親節在5月的第2個星期天。 固定不變的事實

People make mistakes.

→ 人都會犯錯。 真理

③ 習慣

現在簡單式也可以表達一個人的習慣，比方說一個人會做或不會做某事，或是每隔一段時間都會做某事。

I work out every day.

→ 我每天健身。 每天的習慣

He smokes.

→ 他會抽菸。 現在的習慣

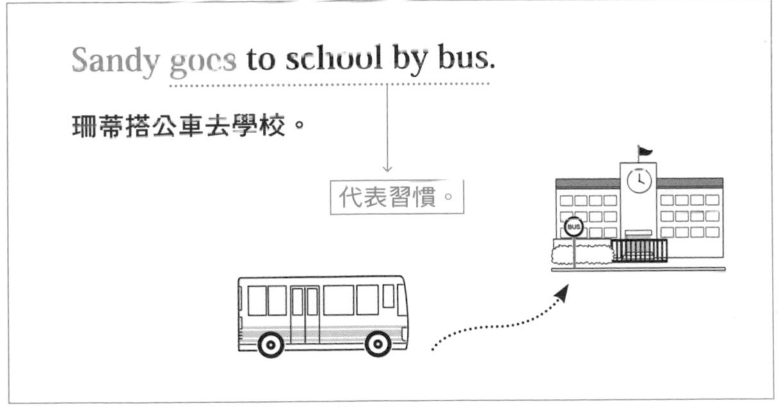

Sandy goes to school by bus.
珊蒂搭公車去學校。
代表習慣。
BUS

學完現在簡單式，我們就來練習現在簡單式的肯定句、否定句和疑問句怎麼表達吧！

現在簡單式的肯定句：主詞第三人稱單數，加 s 或 es

現在簡單式的句型是「主詞＋動詞」，但要特別注意的是，如果**主詞是第三人稱單數 he、she、it，動詞要加上 s 或 es**。

大家可以想像成：這三種主詞國王特別難搞，所以搭配的動詞皇后就要拿出特別的法寶來應對。

He always gets up early.

→ 他總是很早起床。

The kid goes home at twelve every Wednesday.

→ 那個小孩每星期三 12 點回家。

An apple a day keeps the doctor away.

→ 一天一蘋果，醫生遠離我。

現在簡單式的否定句

若要表達否定句，則是在原本的肯定句加上助動詞和否定詞，寫成「**主詞＋do／does＋not＋原形動詞**」。第一、二人稱使用do，而第三人稱則使用does（助動詞do和not常縮寫成don't、doesn't）。

要特別注意，雖然在肯定句中，第三人稱單數的主詞會搭配變化過的動詞，但在否定句中，因為已經搭配加了es的助動詞does，所以動詞就不用再另外變化，使用原形就好。

我們直接來看怎麼改寫會更清楚：

I make my bed. ➡ **I don't make my bed.**

→ 我會整理床鋪。 → 我不整理床鋪的。

He likes you. ➡ **He doesn't like you.**

→ 他喜歡你。 → 他不喜歡你。

現在簡單式的問句

接著我們來學現在簡單式的問句，Yes／No問句的句型是「**Do／Does＋主詞＋原形動詞**」。要特別注意，這裡的動詞也是一律搭配原形動詞！

> Yes／No問句是在問別人「某件事對不對」，回答時，可以直接說：Yes（對）或No（不對）。

所以，直述句會是：

John likes chocolate.

→ 約翰喜歡巧克力。

若要改成問句，因為John是第三人稱，我們要用Does開頭，原本的likes變成原形動詞。

Does John like chocolate?

→ 約翰喜歡巧克力嗎？

再看個例句，大家也一起動動手來改寫吧：

I make a lot of money. ➡ **Do you make a lot of money?**

➡ 我賺很多錢。 ➡ 你有賺很多錢嗎？

Wh- 疑問詞問句，請參考第 243 頁。

〈筆鳳梨蘋果筆〉（*PPAP*）

I have a pen, I have an apple
Uh! Apple-pen!
我有個筆，我有個蘋果
噢！蘋果筆

I have a pen, I have pineapple
Uh! Pineapple-pen!
我有個筆，我有個鳳梨
噢！鳳梨筆

現在簡單式：
主詞＋動詞

Apple-pen, pineapple-pen
Uh! Pen-pineapple-apple-pen
蘋果筆，鳳梨筆
噢！筆鳳梨蘋果筆

——PIKO 太郎

還記得好幾年前爆紅的〈筆鳳梨蘋果筆〉歌曲嗎？日本搞笑藝人 PIKO 太郎用簡單卻魔性的歌曲席捲全球。

其中，貫穿整首歌曲的句型「I have a pen.」就是現在簡單式，用來表達「我擁有一支筆」的這個事實。

小試身手

聊天氣

A：Wow, it rains a lot in Taiwan.

哇，臺灣很常下雨欸。

B：Yeah, especially in summer. Typhoons hit Taiwan and bring a lot of rain.

對啊，特別是夏天。颱風會侵襲臺灣，帶來很多雨水。

聊趨勢

A：Many teenagers don't use Facebook now.

很多年輕人現在不用臉書了。

B：Right. They are on Instagram or TikTok.

沒錯。他們現在都玩 Instagram 或抖音。

交流興趣

A：How do you spend your free time?

你怎麼利用閒暇時間？

B：I enjoy doing yoga in my free time.

我有空時喜歡做瑜伽。

表達喜好

A：I don't like Mandy.

我不喜歡曼蒂。

B：Why?

為什麼？

A：She likes to show off.

她喜歡炫耀。

討論新聞 ♫

A：Why is everything so expensive now?

為什麼現在每樣東西都那麼貴？

B：I know, right? But our salary just doesn't rise accordingly.

對吧？但我們的薪水卻沒跟著漲。

② 現在進行式

顧名思義，現在進行式就是用來表達「現在正在做的事情」。例如：「我現在正在吃飯」、「他現在正在游泳」，這些句子就會使用到現在進行式。

現在進行式要怎麼表示？我們會寫成：「**主詞＋be 動詞＋現在分詞（V-ing）**」。

V-ing，就是在動詞的字尾加上 ing，例如：

do → doing
eat → eating
have → having
get → getting

我們直接先來看幾個例句：

① **He is taking a nap.**
→ 他正在午睡。

② **She is making tea.**
→ 她正在泡茶。

還記得嗎？make 有「製作」的意思，這邊的 make tea 字面上是「製作茶」，但其實就是「泡茶」的意思，類似用法的還有：make coffee（泡咖啡）。

相信現在進行式對大家來說，應該滿直觀的吧！接下來，我們來看否定句和問句。

現在進行式的否定句：在 be 動詞後，加上 not

否定句其實也很簡單，只要在原本句型的be動詞後方，加上not就可以了。句型會變成：

① **Anna is singing a song.** ➡ **Anna is not singing a song.**

→ 安娜正在唱歌。 → 現在安娜沒有在唱歌。

② **We are playing basketball.** ➡ **We are not playing basketball.**

→ 我們正在打籃球。　→ 現在我們沒有在打籃球。

在口語中，我們也很常看到 not 和 be 動詞 is、are 的縮寫：is not 可以寫成 isn't，are not 可以寫成 aren't。

is not = isn't
are not = aren't

現在進行式的問句：把主詞和 be 動詞交換

最後，我們來看看現在進行式的問句。

其實，只要把直述句中的主詞和 be 動詞交換，就可以形成 Yes／No 問句，也就是變成「**be 動詞＋主詞＋V-ing**」。

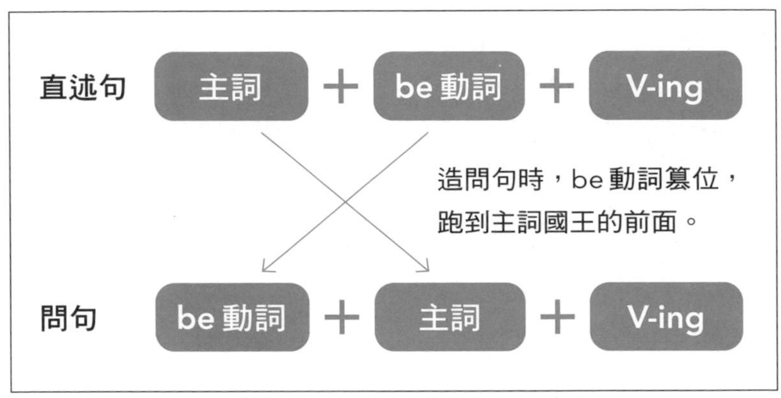

我們一起來改一遍，比方說，原本的直述句是：

He is watching the Squid Game.

➡ 他在看《魷魚遊戲》。

要改成問句，我們就把 he 和 is 交換位置，寫成：

Is he watching the Squid Game?

➡ 他在看《魷魚遊戲》嗎？

以下再多看幾個例子，大家也可以先把右邊的問句遮起來，考考看自己能否改寫：

① Dad is **cooking.** ➡ Is Dad **cooking?**
→ 爸爸正在煮飯。 → 爸爸正在煮飯嗎？

② The kids are **doing homework.** ➡ Are the kids **doing homework?** ♫
→ 孩子們正在寫作業。 → 孩子們正在寫作業嗎？

文法急救包：現在簡單式 vs. 現在進行式

學到這裡，可能有些人已經頭昏腦脹了，搞不清楚明明都是「現在」，為什麼還要分簡單式和進行式？

其實，判斷時態的方式很簡單，比較如下：

① I am eating **breakfast.**
→ 我正在吃早餐。 現在進行式
➡ 現在正在做的事情。

② I eat **breakfast.**
→ 我會吃早餐。 現在簡單式
➡ 現在會發生，但沒有正在做的事情。

你有發現兩種時態的差異了嗎？在英文中，為了區分「現在正在做的事情」與「現在會發生、但沒有正在做的事情」，所以就把時態分成「進行」和「簡單」。

以上述例子來說，進行式可以用來表達現在「正在」吃早餐；而**簡單式**則是：我有吃早餐的「習慣」，**這個習慣現在都還有，只是沒有正在吃**！

我們來多看幾組例子，熟悉這兩種時態的差異：

① The sun is rising **in the east.**

→ 太陽正在從東邊升起。 看日出的當下可以這麼說。

The sun rises **in the east.**

→ 太陽從東邊升起。 會一直發生的真理，但並沒有正在升起。

② I am working **now.**

→ 我現在正在工作。 目前、此時此刻正忙著工作。

I work **now.**

→ 我現在有在工作。 強調有工作，而不是無業的事實。

〈不再甜蜜〉（*We don't Talk Anymore*）

We don't talk anymore
Like we used to do
我們不再像以往那樣聊天了

We don't love anymore
What was all of it for?
我們不再相愛了，那之前的一切都是為了什麼呢？

現在簡單式否定句：
主詞＋don't／doesn't
＋原形動詞

Oh, we don't talk anymore
Like we used to do
我們真的不再像以往那樣交談了

——CP 查理（Charlie Puth）

〈不再甜蜜〉（*We don't Talk Anymore*）是一首描述分手的歌曲，由美國知名歌手 CP 查理於 2016 年推出，YouTube 點擊次數至今累積超過 28 億。

聽完歌後，你記得最清楚的一定是「We don't talk anymore.」。這句歌詞運用到現在簡單式的否定句，意思是「我們不再說話了」，描述分手後的現況。

小試身手

詢問同事

A：I am buying lunch. Want anything?

我正在買午餐。你想要任何東西嗎？

B：I'm good. Thanks.

我不用。謝謝。

開啟話題

A：Are you reading any interesting book recently?

你最近有看什麼有趣的書嗎？

B：Not really. But I did watch some great films on Disney Plus.

沒有耶。但我倒是在 Disney Plus 上看了幾部好看的電影。

詢問原因

A：Why is David still sleeping?

大衛怎麼還在睡覺？

B：He has a headache. Don't bother him.

他頭痛。別打擾他。

詢問學業

A：What projects are you working on now?

你現在在寫什麼報告？

B：I am doing my term paper.

我在寫我的學期論文。

---

3 過去簡單式

學完現在式，接著我們要坐著時光機，回到過去啦！過去式也有兩種時態：過去簡單式、過去進行式。我們就先從過去簡單式開始吧！

過去簡單式一般用來描述「過去某個時間點做的某事」或者「過去的狀態或事實」。基本上，**只要是描述過去的事件，且沒有要強調「正在進行」，我們都會使用過去簡單式來呈現**。

但是，中文並沒有過去與現在的時態區別，我們該怎麼判斷呢？

別擔心，方法很簡單！

比方說，「我吃**了**一顆蘋果」，「**了**」就暗示事情是發生在過去；「他**有**告訴我」，這個「**有**」也代表動作是發生在過去；「我**就**知道」，「**就**」也能表達動作早就發生。

過去簡單式的句型一樣是「主詞＋動詞」，只是動詞皇后要變裝一下，套上過去式的禮服。

而動詞的過去式禮服有分兩種：規則變化與不規則變化。規則變化會在動詞的字尾加上 ed，例如：

work → **worked**

help → **helped**

watch → **watched**

stop → **stopped**

study → **studied**

字尾是「子音＋y」，要去 y 加 ied。

不規則變化的動詞，顧名思義就是沒有規則可循，所以建議大家可以多聽、多看、多練習，把它們記起來！以下列舉一些基本的不規則動詞：

原形動詞	過去式	原形動詞	過去式	原形動詞	過去式
have	had	come	came	run	ran
get	got	take	took	drink	drank
go	went	drive	drove	say	said
eat	ate	give	gave	see	saw

過去簡單式的肯定句

看完動詞的過去式形態，我們來看看肯定句吧！

① Kelly got **first prize.**

➡ 凱莉得到了第一名。

「得到」是一瞬間的動作，所以要用過去式。

② I called **you last night.**

➡ 我昨晚有打給你。

③ We went **jogging on the weekend.**

➡ 我們週末時去慢跑。

過去簡單式的否定句

過去簡單式的否定句，一樣要請助動詞和not來幫忙。因為過去式的助動詞是did，因此句型是「**主詞＋did not ＋原形動詞**」。did和not也可以縮寫，變成didn't。

但要特別注意，因為我們已經有過去式的助動詞，所以動詞就要被打回原形。

① Olivia did not use **an iPhone before.**

→ 奧利維亞先前沒有用 iPhone。

② Mom didn't turn off **the stove.**

→ 老媽沒把瓦斯爐關掉。

過去簡單式的問句

過去簡單式的問句，和現在簡單式的句子結構一模一樣，只要把助動詞通通改成 did 就可以。

	現在簡單式	過去簡單式
Yes／No 問句	Do／Does ＋主詞＋原形動詞	Did ＋主詞＋原形動詞

Did Amber fall asleep **during the meeting?**

→ 安柏開會時睡著了嗎？

Wh- 疑問詞問句，請參考第 243 頁。

〈美好時光〉（*Good Time*）

Slept in all my clothes like I didn't care
Hopped into a cab, take me anywhere
我穿著全部衣服睡覺，像是我不在乎
跳上計程車帶我去任何地方

I'm in if you're down to get down tonight
Cause it's always a good time
如果你不開心，我就跟你一起狂歡
因為這總是一個美好時光

Freaked out, dropped my phone in the pool again
Checked out of my room, hit the ATM
一不留神，我的手機再次掉入泳池中
辦理退房，去提款機領錢

——貓頭鷹之城（Owl City）與
加拿大歌手卡莉蕾（Carly Rae Jepsen）

這首歌曲〈美好時光〉，回憶了生活中的點點滴滴。既然是回憶，很多地方都會用過去簡單式來呈現！

其中的規則動詞變化有：hopped（跳上）、dropped（掉落）、checked out（辦理退房）。

不規則動詞則有：slept（睡覺；原形為 sleep）、hit（抵達；原形為 hit，過去式與原形同形）

小試身手

詢問去向

A：Where did Gabriel go last night?

加百列昨晚去哪？

B：He went to the party at Anna's house.

他去安娜家舉辦的派對。

聊八卦

A：Did you know that Hailey got divorced?

你知道海莉離婚了嗎？

B：Seriously? You mean that Hailey, our high school classmate?

真的假的？你是說那個海莉，我們高中同學？

請假

A：I caught a cold. Could I take sick leave?

我感冒了。我可以請病假嗎？

B：Sure. Take care!

當然。保重！

給予回饋

A：You really did a great job!

你真的做得很棒！

B：Thanks! That made my day.

謝謝！那（你的話）讓我好開心。

---

④ 過去進行式

過去進行式是用來表達「過去某個時間點正在做某事」，句型會寫成「**主詞＋be動詞＋V-ing**」。過去式的be動詞只有兩種：was和were。單數主詞一律用was，複數則用were。

那麼，過去進行式和過去簡單式要怎麼區分？很簡單，我們來看一組比較：

① **I wrote an email.**

→ 我寫了一封電子郵件。

② **I was writing an email.**

→ 我（那時）正在寫一封電子郵件。

有發現嗎？**過去簡單式強調的是過去做的一件事情、做了某事的事實**；**過去進行式**則是**描述當時正在進行的事件，跟有沒有做完無關**。以下是過去進行式的肯定句。

③ **Linda was cooking dinner at 7 pm.**

→ 琳達晚上7點時正在煮晚餐。

④ **They were having a meeting earlier.** ♫

→ 他們剛剛正在開會。

過去進行式的否定句
在 be 動詞後，加上 not

相信懂得舉一反三的你，一定知道否定句怎麼改吧！沒錯，就是在 be 動詞後面加上 not。同樣的，was／were 也都可以跟 not 縮寫，變成 wasn't 和 weren't。

① **I was not driving at that time.**

→ 我那時沒有正在開車。

② **They weren't wearing masks.**

→ 他們沒有戴著口罩。

過去進行式的問句

跟現在進行式一樣，我們只要把主詞和 be 動詞交換位置，就可以形成 Yes／No 問句，所以句型會變成「Was／Were ＋主詞＋ V-ing」。例句如下：

① Were you **sleeping when I called you yesterday?** ♫

→ 我昨天打電話給你時，你正在睡覺嗎？

② Was Sammy **practicing guitar this afternoon?**

→ 珊米今天下午正在練習吉他嗎？

Music

〈從未想過〉（*Wasn't Expecting That*）

I thought love wasn't meant to last
I thought you were just passing through
我以為愛情不會永久
我以為你只是生命中的過客

If I ever get the nerve to ask
What did I get right to deserve somebody like you
如果我有鼓起勇氣問你
為什麼我有權利擁有你這樣的人

I wasn't expecting that
我從未想過

——傑米．勞森（Jamie Lawson）

這首歌由英國知名歌手傑米・勞森演唱，抒情的旋律暖心動人，描述了一對戀人從相識、相愛，到人生的最後一刻。

歌詞中，有兩句運用到過去進行式，第一個是「you were just passing through」，字面上是「你當時只是正在經過」，亦即以為對方只是生命中的過客；第二個是「I wasn't expecting that」，表示：「我過去一直沒有預料到」，也就是「從未想過」。

小試身手

警察問訊

A：What were you doing last night from eight to ten?

你昨晚 8 點到 10 點在做什麼？

B：I was drinking in a bar with my friend.

我在酒吧跟朋友喝酒。

追星一族

A：Why was Jenny crying last night?

珍妮昨晚為什麼在哭？

B：Her favorite idol got married.

她最喜歡的偶像結婚了。

面試問答

A：What were you doing during your gap year?

你空檔年在做什麼？

B：I was working as an intern at a TV station.

我那時在一家電視臺當實習生。

時事議題

A：What were you doing when the pandemic broke out?

A：你疫情爆發時在做什麼？

B：I was studying in the States.

B：我正在美國念書。

5 未來式

學完過去式和現在式，我們最後一趟旅程要前往未來式！未來式主要用來描述「未來的計畫或事件」。句型有兩個：

❶ 主詞＋ will ＋動詞

will是用來表達未來的助動詞，我們只要把它加入基本的句型「主詞＋動詞」，就可以表達「某人將要做某事」。直接來看幾個例句吧！

I will study later.
→ 我等等會讀書。

Ada will take the minutes in the meeting. ♫
→ 艾達會在會議中做會議紀錄。

We will go to Japan next year.
→ 我們明年會去日本。

❷ 主詞＋ be going to ＋動詞

be going to 也可以用來表達未來。這裡的 be 動詞一樣要跟著人稱改變，所以如果是 I，就會是 I am going to；he／she／it，則是搭配 is going to；we／you／they，則是 are going to。

Elaine is going to have dinner with her friends.

→ 伊萊恩要跟她朋友吃晚餐。

We are going to lose the game.

→ 我們會輸掉這場比賽。

Our dog is going to stay at the dog hotel this weekend.

→ 我們的狗狗這週末要去住寵物旅館。

若要表達否定句，一樣是在原本的肯定句加入 not。所以，如果是用 will，就會寫成「**主詞＋ will not ＋動詞**」，其中 will not 經常會縮寫成 won't。如果是用 be going to，則是把 not 放在 be 動詞的後方，寫成「**主詞＋ be not going to ＋動詞**」。

I will not come in tomorrow. ♫

→ 我明天不會進（公司）。

We won't celebrate Christmas this year.

→ 我們今年不會慶祝聖誕節。

Sarah is not going to lose her job.

→ 莎拉不會丟掉她的工作。

I am not going to fight with you.

→ 我不會跟你爭吵。

最後，問句的寫法也很簡單，只要把助動詞 will 或 be 動詞搬到句首即可。

Will you stay with me?

→ 你會待在我身邊嗎？

Will Daisy come **back?**

→ 黛西會回來嗎？

Is Tom going to pass **the exam?**

→ 湯姆會通過考試嗎？

Wh- 疑問詞問句，請參考第 243 頁。

Music

〈我將永遠愛你〉（*I Will Always Love You*）

And so I'll go, and yet I know
I'll think of you each step of the way
所以我會離去，但我知道
每踏出一步，我都會想你

And I will always love you
I will always love you
而我將永遠愛你　永遠愛你

——惠妮休斯頓（Whitney Houston）

〈我將永遠愛你〉是美國歌手惠妮休斯頓非常膾炙人口的歌曲！

整首歌多次使用未來式，就算敘事者被迫離開愛人（I'll go），但她會一直想著對方（I'll think of you）、永遠愛著對方（I will always love you），展現了堅貞不渝的動人愛情。

小試身手

求婚預告

A：Eric is going to propose to his girlfriend.

艾瑞克準備要和他女友求婚。

B：Really? Good luck to him.

真的嗎？祝他好運耶。

天氣預報

A：Is it going to rain in the afternoon?

下午會下雨嗎？

B：I don't think so.

我覺得不會。

工作進度 ♫

A：When will you finish work?

你幾點會下班？

B：By 7 pm. I think.

7 點前吧，我想。

請特休 ♫

A：I won't see you next week. I am going to take annual leave.

我下週不會跟你見面。我要請特休。

B：Got it. Have a good time!

知道了。祝你有一段美好的時光！

第 7 天

沒有主詞，也能精準表達的祈使句

一個完整的英文句子當中，主詞和動詞是不可或缺的角色，但唯一的特例就是：祈使句可以省略主詞。接下來，我們要來練習命令或指示他人做某事，或是提出禁止、建議、請求等。

今天學會這個

- 掌握三大原則，學會用祈使句表達指示、請求等。
- 活用前面學到的萬能動詞，表達祈使句。

1 祈使句的三大原則

在對話中，我們經常會用到祈使句（imperative），而**祈使句的最大特點，就是沒有主詞**。

祈使句，顧名思義就是表達請求、希望、建議、命令的句子，例如：「Please sit down.」（請坐下），或是將 please 放到句尾，變成：「Sit down, please.」。在使用祈使句時，通常會希望對方立刻或積極採取行動，所以一開頭就是動詞。

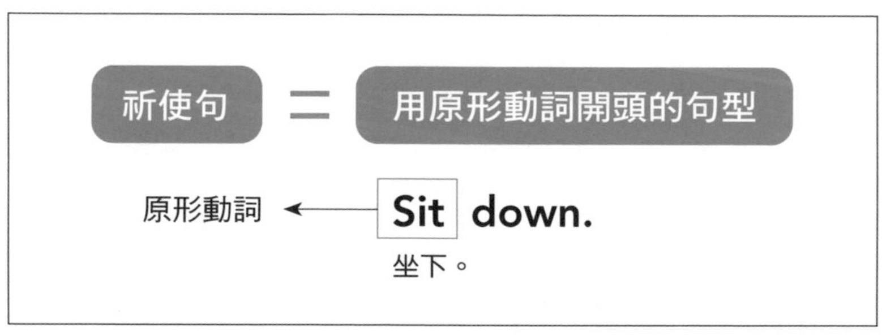

那麼，主詞到哪裡去了？祈使句並非沒有主詞，而是主詞被省略了。以上述例句來說，在原形動詞的前面，其實省略了主詞 You，原來的句子應該是：「（You）sit down.」。

另外，還要特別注意，因為對話通常是在當下，因此**動詞不會用過去式，而是原形動詞**。相反的，如果要表達否定語氣，禁止或請求對方不要做什麼事情，由於省略的主詞是 you，所以助動詞要用 don't。

Don't sit down.

→ 不要坐下。

你是否也覺得祈使句簡直就是為懶人而生？少寫、少說一個字，卻能表達意思，真是一字一天堂！

不過要特別注意，在職場或日常生活對話中，如果一直使用祈使句，會讓人有上對下、咄咄逼人的感覺。例如以下例句：

→ 等一下。

（╳）**Please wait.**

（○）**Just a moment, please.**

→ 給我一份牛小排。

（╳）**Give me a short rib!**

（○）**I'd like a short rib, please.**

記憶小撇步

● 祈使句的句型非常簡單，只有三大原則：

① 原形動詞開頭。
② 禮貌就加 please。例如：Please call me back.（請回電給我）。
③ 不要就加 don't。

還記得我們在前面學到的六大動詞嗎？
現在就用這些動詞試試看吧！

be 動詞 → **Be quiet!**（安靜！）
Have → **Have fun!**（玩得愉快！）
Do → **Just do it!**（做就對了！）
Say → **Say you love me!**（說你愛我！）
Get → **Get up!**（起床！）
Make → **Don't make me angry.**（不要讓我生氣。）

祈使句神曲

如果你是父母，應該常常會用到祈使句來命令孩子。這首〈媽媽之歌〉（*The Mom Song*）是由羅西尼（Gioachino Rossini）所做的威廉泰爾序曲（William Tell Overture），歌詞則是由美國喜劇演員安妮塔・藍佛（Anita Renfroe）所寫。

在這首歌裡，有許多既有趣、又實用的常用祈使句，例句如下：

① **Don't shovel.**

→ 別狼吞虎嚥。

② **Don't get smart with me.**

→ 別跟我耍花樣。

③ **Look at me when I am talking.**

→ 我講話的時候，請看著我。

學會這首歌，祈使句就難不倒你啦！

第 8 天

英文好好聊！疑問詞 & 附加問句

英文學了好幾年，口語能力還是很差？其實，關鍵就在：疑問詞、附加問句。只要多加運用疑問詞的5W1H、附加問句，就能輕鬆開啟對話，和別人聊不停！

今天學會這個

- 用5W1H，詢問時間、地點等資訊，隨口輕鬆聊。
- 善用句型公式好好記！how和what的獨特用法，一次搞懂。

Day 8

1 疑問詞的 5W1H

在會話中，通常拋出一個疑問句就能展開對話。那麼，英文的疑問句該怎麼說？

首先，當然要了解英文有哪些疑問詞（interrogative word／question word）。**疑問詞**就是中文裡常說的「**誰**」、「**什麼**」、「**為什麼**」、「**什麼時候**」、「**在哪裡**」、「**如何**」，代表說話者想要詢問的事項，也就是 5W1H。

用人事時地物去記，就很容易聯想：

疑問詞	中文	對應
Who	誰	人
Why	為什麼	事
When	何時	時
Where	在哪裡	地
What	什麼	物
How	如何	過程

5W1H不僅是職場上常用的企管理論，也是很重要的生活哲學。無論遇到什麼問題，都可以用5W1H的架構來分析。例如，德瑞克（Derek）跟安琪兒（Angel）在討論旅遊計畫：

Derek	**Who else will join us?** 其他還有誰會加入我們？
Angel	**Mike and Mia will join, but Yoshi will pass this time.** 麥克和米亞會加入，但耀西這次不會。
Derek	**Why can't he go with us?** 為什麼他不可以跟我們一起去？
Angel	**He's going to have a badminton game.** 他即將有羽毛球比賽。
Derek	**When are we leaving?** 我們何時要出發？
Angel	**We will hit the road tomorrow morning.** 我們明天早上出發。
Derek	**Where will be our first stop?** 哪裡是我們的第一站？

Angel	**We will go to Kenting first!** 我們會先去墾丁！
Derek	**What should I bring with me?** 我要攜帶什麼呢？
Angel	**I suggest that you bring your sunglasses and swimsuit.** 我建議你帶你的太陽眼鏡和游泳衣。
Derek	**How are we going to get there?** 我們要怎樣去那裡？
Angel	**I plan to drive my car.** 我打算開車去。

以上就是用 5W1H 展開的對話！日常生活中，各位不妨也試著用 5W1H，開啟源源不絕的話匣子吧！

2 如何用疑問詞造問句？

① 疑問詞當主詞

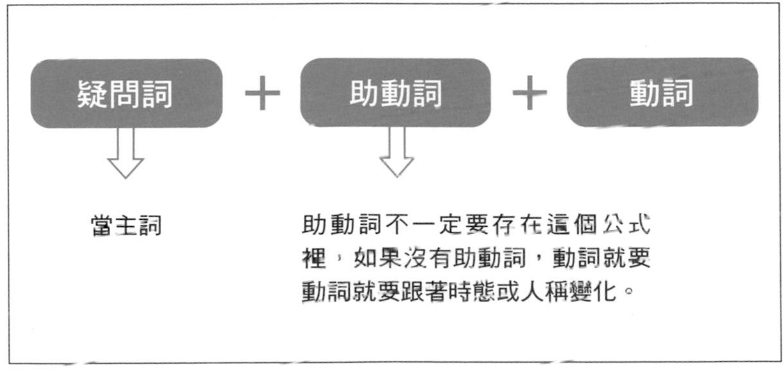
疑問詞
＋
助動詞
＋
動詞
當主詞
助動詞不一定要存在這個公式
裡，如果沒有助動詞，動詞就要
動詞就要跟著時態或人稱變化。

助動詞就是幫助動詞的特定詞類，例如：can、will、do／does（請參考第267頁）。

動詞第三人稱單數形的大原則：

- be動詞只能用這些：is／was。
- 原形動詞要加s或es（現在式語態）。
- 助動詞也要選第三人稱單數形（does）。

例句如下：

Who is the new Chairman?

→ 誰是新的董事長？

Who can help me?

→ 誰能幫我？

Where is your destination?

→ 你的目的地是哪裡？

What's the time?

→ 現在幾點？

> 也可以說成：「What time is it?」，後面再加上 now，更明確指「現在」。

What's the date?

→ 今天幾月幾號？

> 也可以說成：「What date is it?」，後面再加上 today，更明確指「今天」。

What's the matter?

→ 怎麼了？

慰問、關心對方的說法。

Who's calling? ♫

→〔電話中〕請問你是誰？

也可以說成：「Who's speaking?」。

② 疑問詞當受詞／補語

- 及物動詞後面的名詞，叫做受詞。
- be 動詞後面如果有現在分詞（V-ing），它的角色就會變成助動詞。
- be 動詞後面的名詞或形容詞，叫做補語。

現在分詞的形態也是 V-ing，但其扮演的詞性是形容詞，可用來修飾名詞或作補語。

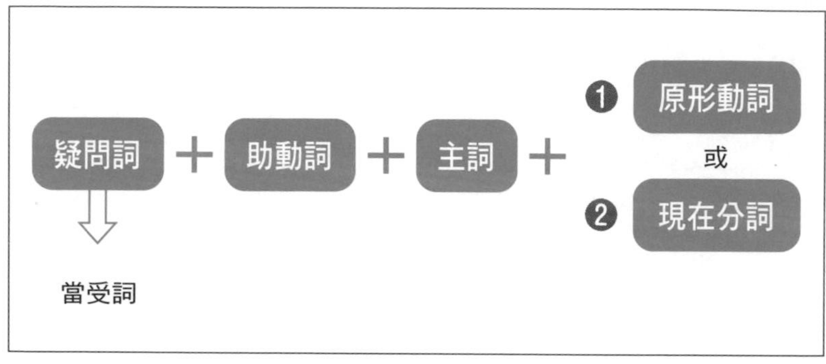

主詞後面要接❶❷，就要看句子的時態與前面助動詞的關係。

What were you doing an hour ago?

→ 一個小時前你在做什麼？

這裡的 what 是 do 的受詞。

Where are you going?

→ 你要去哪裡？

這裡的 where 是 go 的受詞。

Who will you meet tomorrow? ♫

→ 你明天要見誰？

這裡的 who 是 meet 的受詞。

③ 疑問詞當副詞

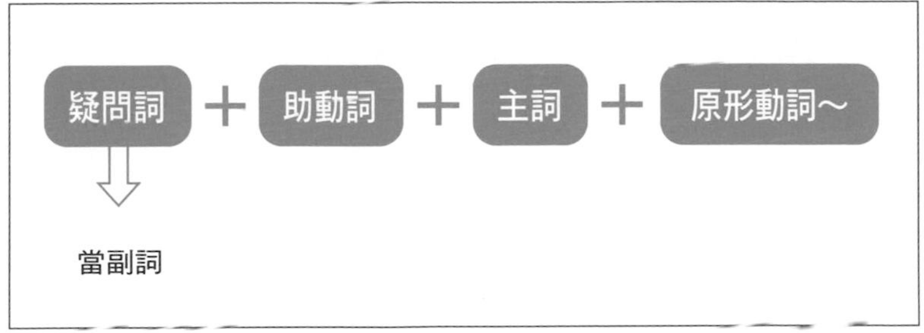

Why did you ask me the question? ♫

➡ 為什麼你會問我這個問題？

why 是副詞，用來修飾 you ask me the question。

When will they get there? ♫

➡ 他們何時會到那裡？

when 當副詞，用來修飾 they will get there。

How did you come here?

➡ 你怎麼過來的？

how 當副詞，用來修飾 you come here。

How will we know the final result? ♫

➜ 我們要如何知道最後結果？

how 當副詞，用來修飾 we know the final result。

小試身手

請將正確的疑問詞填入下方空格內。

① ______ **will the meeting start?** ♫

➜ 會議何時開始？

② ______ **do you spell your last name?**

➜ 你的姓氏怎麼拼？

③ ______ **do you want to order?**

➜ 你想點什麼？

④ ______ **is the file?** ♫

➜ 檔案在哪裡？

⑤ __ is the new president in your company? ♫

→ 你們公司新任總裁是誰？

⑥ ______ are you taking 3 days off during the busy season? ♫

→ 你為何要在旺季連休3天？

〔解答〕

1. When　2. How　3. What　4. Where　5.Who　6.Why

3 what跟how的獨特用法

what跟how除了作為疑問詞單獨存在，還可以與其他詞類組成天團，變成更明確或更多元的疑問句。

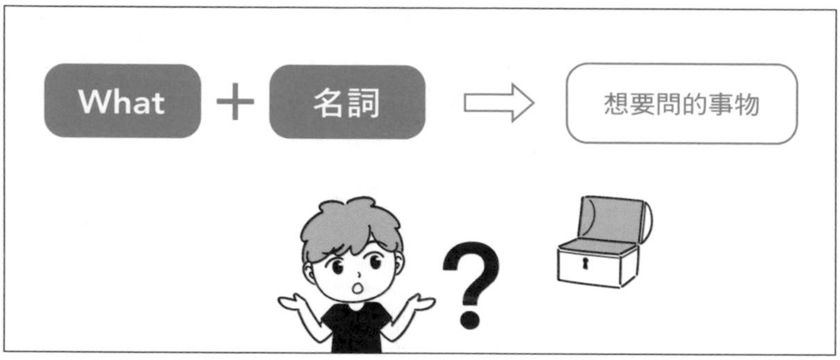

例如：

What time	什麼時間	What time is it?	現在幾點？ 也可以說成： 「What is the time?」。
What date	什麼日期	What date is it?	今天是幾月幾號？ 也可以說成： 「What is the date?」。
What day	星期幾？	What day is it?	今天星期幾？

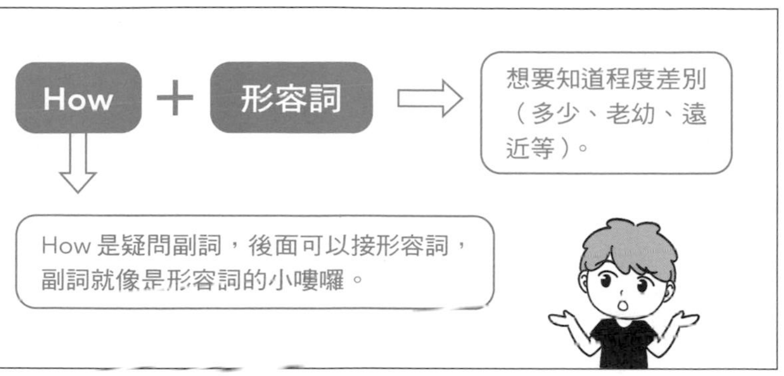

How 的更多應用

用法	中文	例句 are ther
How many	有多少（可數名詞）	How many departments are there in your company? ♫ 你公司有多少部門？
How much	有多少（不可數名詞）	How much is it? 這多少錢？
How old	多老	How old are you? 你幾歲？
How long	多久	How long have you been with your company? ♫ 你在公司多久了？
How far	多遠	How far is it from your home to your office? ♫ 你家到辦公室有多遠？

感嘆句

除了拓展問話的深度以外，what跟how還可以組成感嘆句，表示「多～的～」。

What a wonderful world!

➡ 多美好的世界！

這句也可以等於：「How wonderful the world is!」。

大家有沒有發現，為什麼同樣的句子——世界多美好，用what跟how開頭，卻是不同寫法？這是因為，what可以限定是什麼樣的東西，所以後面會搭配名詞；how是副詞，所以後面要接形容詞。

而〈世界多美好〉（*What a Wonderful World*）其實是一首歌的歌名，由美國著名爵士歌手路易斯·阿姆斯壯（Louis Armstrong）所創作。

小試身手

請判斷下列句子是否正確，如有錯誤，請寫出正確的句子。

① **What a beautiful girl!**
→ 多美的女孩！

② **How a stupid man!**
→ 這男人真笨！

③ **How selfish he is!**
→ 他多自私啊！

④ **What big the office is!**
→ 這辦公室真大！

〔解答〕

1. 正確。　2. 錯誤。正確句子為：How stupid the man is!

3. 正確。　4. 錯誤。正確句子為：What a big office!

④ 3種聊天萬用句

① What／How about...：～如何？

about是介系詞，所以後面一定要接名詞，如果是動詞，就要轉成動名詞。

We need a partner in the project. What about ×× Company? ♫

→ 我們這個專案需要一個合作夥伴。××公司如何？

That coffee shop just opened yesterday. How about having a cup of coffee together?

→ 那家咖啡廳昨天剛開幕。一起喝杯咖啡，好嗎？

We have worked on the issue the whole afternoon. How about taking a break? ♫

→ 我們整個下午都在研究這個議題。休息一下如何？

② Why don't you...?：你為何不……？

代表一種建議，等於 Why not。

A：I started my new job a week ago, but I still haven't found a place near the office to live in.

→ 我上週開始上班，但我還找不到辦公室附近的住處。

B：Why don't you apply for the staff dormitory?

→ 你為何不申請公司員工宿舍？

也可以說成：「Why not apply for the staff dormitory?」。

A：I am exhausted to drive to the new office every day.

→ 每天開車到新辦公室讓我精疲力盡。

B：Why don't you go by train instead?

→ 你為何不搭火車？

也可以說成：「Why not go by train instead?」。

A：It is so hot today.

→ 今天真熱！

B：Why don't you park the car in the shade?

→ 你何不把車停在陰影處？

也可以說成：「Why not park the car in the shade?」。

③ What if：如果～的話，怎麼辦？

What if you cannot make it?

→ 如果你做不到，怎麼辦？

What if the client rejects the proposal? ♫

→ 如果客戶拒絕這個提案，怎麼辦？

What if I am fired?

→ 如果我被開除了，怎麼辦？

5 愛唱反調的附加問句

除了疑問詞，在會話中也常用附加問句。

什麼是附加問句？轉換成中文，就有點類似「對吧？」、「是不是呀？」雖然是問句，但基本上並不期待對方回答，而是用附加問句來強調語氣。此外，**前面的句子如果是肯定句，附加問句就會是否定句；前面的句子如果是否定句，附加問句就會是肯定句**。你看看，附加問句是不是很像愛叛逆的青少年，就偏偏要跟前面的句子作對？例如：

① **You agree with me, don't you ?** ♫

→ 你是同意我的，不是嗎？

注意！附加問句的助動詞，必須搭配前面動詞的時態與單複數形，而且通常會和not縮寫，因此絕對不要說成：「You agree with me, aren't you?」。

② **You didn't agree with me, did you?**

→ 你不同意我，是嗎？

注意！附加問句時態要跟前面句子一致，絕對不要說成：「You didn't agree with me, do you?」。

③ **He wasn't promoted, was he ?**

→ 他並沒有升官，是吧？

④ **You will join us, won't you ?**

→ 你會加入我們，不會吧？

⑤ **You won't join us, will you ?**

→ 你不會加入我們，會嗎？

⑥ **We are in the online course, aren't we ?**

→ 我們有在這個線上課程內吧，沒有嗎？

注意！附加問句必須用代名詞代替前面句子的主詞。

從以上例句，我們可以把附加問句的公式歸納如下：

前面的主要句子	附加問句
S＋be 動詞（am／are／is／was／were）肯定句	be 動詞＋n't＋S（代名詞）?
S＋be 動詞否定句	be 動詞＋S？
S＋動詞肯定句	do／does／did＋n't＋S？
S＋動詞否定句	do／does／did＋S？

小試身手

請運用上面的公式，為以下句子加上附加問句。

① **Tom was off yesterday, ______ ______ ?**

➡ 湯姆昨天休假，他沒有嗎？

② **You left the office, ______ ______ ?**

➡ 你離開公司了，不是嗎？

〔解答〕

1. wasn't he　2. didn't you

進階學習

① 有附加問句的疑問句要如何回答？

跟一般疑問句的回答方式是一樣的，可以忽略來亂的附加問句。

You agree with me, don't you ?

→ 你是同意我的，不是嗎？

如果沒有附加問句，這句話應該是：Do you agree with me?（你同意我嗎？）

如果是，就回答：「Yes, I do.」或「Yes, I agree with you.」（是的，我同意你）。

如果不是，就回答：「No, I don't.」或「No, I don't agree with you.」（不，我不同意你）。

You won't join us, will you ?

→ 你不會加入我們，會嗎？

如果沒有附加問句，這句話應該是：Won't you join us?（你不會加入我們嗎？）

如果是肯定問句，就回答：「No, I won't.」或「No, I won't join you.」（是的，我不會加入你們）。

如果是否定問句，就回答：「Yes, I will.」或「Yes, I will join you.」（不，我會加入你們）。

② 沒有 not 的句子，不一定就是肯定句

如果句子裡有帶有否定意味的副詞（又稱「否定副詞」），例如：hardly（幾乎不）、never（從不）、seldom（很少）、rarely（罕見的）等，那就要把它穿上 not 隱形衣的句子，後面的附加問句要用肯定句。

文法急救包：怎麼判斷要用 Yes 或 No？

疑問句的回答，Yes 或 No 要跟後面回答的句子一致，**如果後面答句是肯定句，就要用 Yes；如果是否定句，就要用 No**。這跟中文邏輯不太一樣，因為中文是直接回答肯定或否定。

第 9 天

表達心情就用助動詞

助動詞，本身並沒有意義，通常是幫助主要動詞表達更多細膩語氣及情感，例如：推測、假設、請求，或表達能力、許可、命令等。接下來，就讓我們來學習助動詞吧！

今天學會這個

- 學會常用的助動詞：will、should、can、may、might 等。
- 依禮貌程度、可能程度，用助動詞精準表達。

Day 9

1 5種常用助動詞

如果說名詞是國王、動詞是皇后，那麼助動詞就是皇后身邊最得力的宮女。只要宮女眨個眼，旁人就該了解皇后的指令！

因此，我們也可以說，**助動詞是用來幫助動詞壯大聲勢**，將動詞要傳遞的訊息變得更清楚，包括可能性、能力程度、意願或義務等。

一說到助動詞，大家應該立刻就會想到can、will、do等這些字吧！一般來說，助動詞可以分成以下幾個群組，各自有著不同涵義與任務，但都是輔助動詞，讓動詞的意思更清楚。

語態	現在式	過去式
未來	will	would
義務	should	should
能力、請求	can	could
允許、可能	may	might
必須	must	must

will／would：表未來

will 最常見出現在未來式，代表未來的動作、未來會發生的事情。

She will go to Taipei tomorrow.

→ 她明天去臺北。

Jackson will quit his job next month.

→ 傑克森下個月會辭掉工作。

進階學習

時間副詞（adverbs of time）

代表某個動作發生的時間、持續多久、頻率多寡，一般會放在句尾。未來式常用的時間：tomorrow、the day after tomorrow（後天）、next year／month（明年／下個月）。

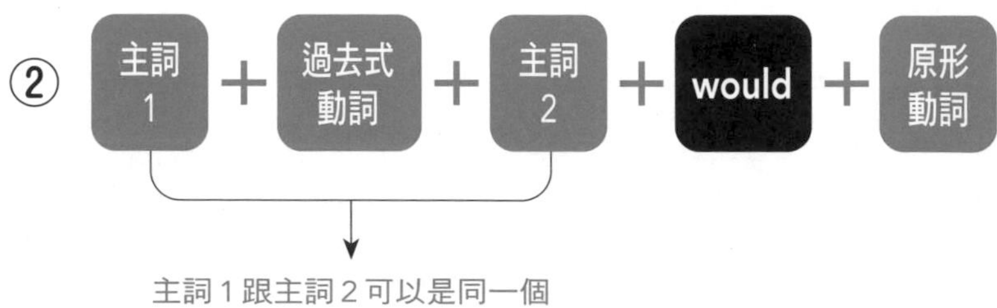

would是will的過去式，如果過去式表達將來的意思，就要用would。

例如：

He told me that he would call me later. ♫

→ 他說他晚點會打給我。

He said he would come to town tomorrow.

→ 他（過去）說他明天將會進城。

I knew it would not be easy to meet him in the future.

→ 我知道未來要再見他已不容易。

進階學習

在舊式英文裡，如果要表達未來式的助動詞，主詞為第一人稱 I 或 we 時，要使用 shall；其他則使用 will。

不過，在現代英文中，已經很少用 shall 表達未來式。不管是第幾人稱、單複數，表達未來式時，都可以使用 will。這就是一種英文自然的演變。

would／should：表意願、義務

① 主詞 ＋ would（like to） ＋ 原形動詞

② 主詞 ＋ should ＋ 原形動詞

would除了是will的過去式，它也有自己獨特的角色，也就是**would（like to）的縮寫，代表「願意」、「想要」**。與其相對者為should，代表「應該的義務」。例如：

願意、想要	應該、義務

Would you **pass me the ketchup?** → 你願意把番茄醬傳給我嗎？	You should **pass me the ketchup.** → 你應該把番茄醬傳給我。
Would you **go home now?** → 你現在想回家了嗎？	You should **go home now.** → 你現在應該要回家了。
Would you **arrange the meeting to review the project status?** ♫ → 可以麻煩你安排會議來檢視專案進度嗎？	You should **arrange the meeting to review the project status.** → 你應該要安排會議來檢視專案進度。

跟should同義的常見片語是ought to，語氣比should更強烈。

You ought to follow your manager's instruction. ♫

→ 你應該要遵循你老闆的指示。

can／could：表能力、請求、確定

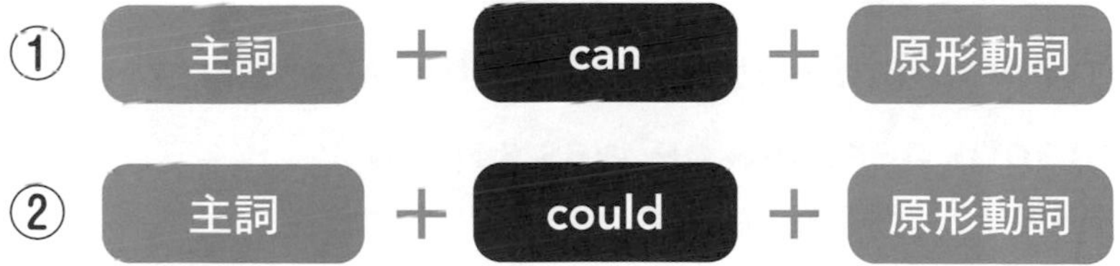

can是代表「能力」、「可以～」的助動詞。

This taskforce can complete the mission by this Friday.

→ 這個專案小組能在星期五前完成此項任務。

You can take a long vacation after submitting the monthly report.

→ 在交了月報後，你可以休一個長假。

另外，could是can的過去式，當句子的時態是過去式時，就要用could表達。

He said he could help. ♫

→ 他說他會幫忙。

Jerry could not come to the office last month because he was seriously ill.

→ 傑瑞上個月因為生了重病而沒能進公司。

除此之外，can也可用來表達請求、允許，如果後面再加上please，語氣會顯得更禮貌。但更客氣的說法其實是could。在此，could就不是can的附屬品，而是一個可以獨立作用的情態動詞。

③ Can + 主詞 + 原形動詞 ?
Can I leave the office earlier today?
➜ 我今天可以早一點離開辦公室嗎？
Can I borrow your pen, please?
➜ 我可以借你的筆嗎？
Can I speak to Cindy, please?
➜ 我可以和辛蒂說話嗎？
Can I leave a message, please?
➜ 我可以留個話嗎？
用 Could，
說法會更禮貌。

can 還代表可能性，幾乎就是百分之百確定。如果中文想要表達「**會**」，**就可以用 can，如果不是百分之百確定，則用 could**。

It can be dangerous not to wear your mask in the room.

→ 你待在這個房間沒有戴口罩是危險的。

can代表幾乎毫無懸念，這件事是危險的；如果換成could，代表是否真的那麼危險，還是有點懷疑。

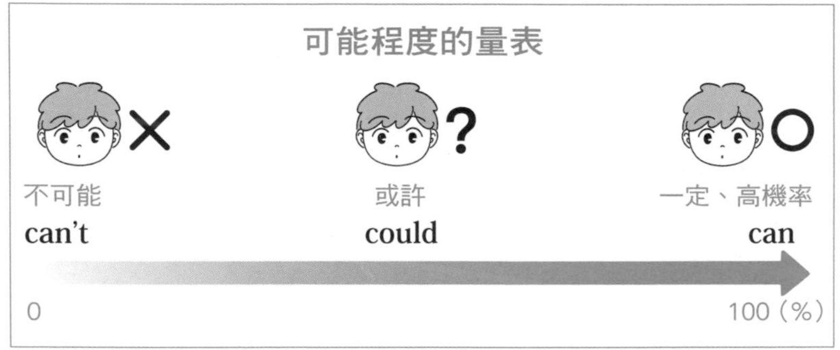

may／might：表允許、可能

may常見的意思是「可能」、「也許」，放在主詞後面，表示：「主詞可以～」。若置於句首當疑問句，則用來表達「可以嗎？」。

① 主詞 ＋ may ＋ 原形動詞 ＝ （主詞）可以～

He may come in.

→ 他可以進來。

You may leave now.

→ 你現在可以離開了 。

② May ＋ I ＋ 原形動詞 ＝ 我可以嗎？

或是用來表達請求允許。

May I borrow your pen?

→ 我可以借你的筆嗎？

May I work with Gary on this project?

→ 我可以與蓋瑞一起做這項專案嗎？

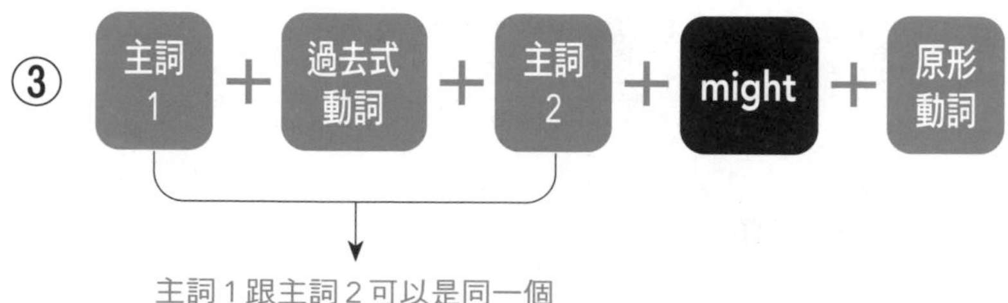

may 的過去式就是 might。

I thought she might stay.

→ 我以為她會留下來。

此外，may／might 也有代表可能性的意義。

I may call him later.

→ 我可能等會兒打給他。

Our customer may cancel their audit trip due to the bad weather. ♫

→ 由於天候不佳，我們客戶有可能取消稽核行程。

I thought that it might not rain this afternoon. ♫

→ 我以為下午不會下雨 。

進階學習

大家可能會有這樣的疑惑：咦，剛剛前面提到的can／could，不是也有代表允許的意思嗎？是的。may／can／could 都有代表允許之意，但禮貌程度不同。
如若以禮貌程度而言，may > could > can。

① **May I borrow your pen?**
→ 我方便跟您借支筆嗎？ 非常客氣

② **Could I borrow your pen?**
→ 我可以跟您借支筆嗎？ 禮貌客氣

③ **Can I borrow your pen?**
→ 我可以跟你借支筆嗎？
輕鬆隨和，常用於好朋友之間

因為may是最禮貌的用法，所以我們常聽到服務生會用：「May I help you?」，而不是「Can I help you?」、「Could I help you?」

前一段也有提到can／could有代表可能性的意義，如果以可能性來說，can＞could＝may＞might。例如：

Our boss might cease the funding for this research. ♫

→ 我們老闆可能會終止這項專案的資金。

如果是用might，代表不太確定。

must：表必須

must是語氣最強烈、最堅定的，代表一種義務性的說明，可用來強烈表達必須遵守及達成的重要事情。若用在否定句，則代表「禁止」之意。

主詞 ＋ must ＋ 原形動詞 ＝ （主詞）必須

Students must go to school every day.

→ 學生必須每天去上學。

You must drink at least 2,000 cc water per day.

→ 你每天必須喝至少 2,000cc 的水。

Rex must respond to the customer request before the end of today. ♫

→ 雷克斯必須在今天結束前，回應客戶的要求。

You must not smoke in the office.

→ 在辦公室是禁止吸菸的。

然而，**must 並沒有過去式**，但我們想要表達過去式的「必須」，該怎麼辦？

有一個片語叫做 **have to**，它的意思就是 must。如果要變成過去式，就把 **have 變成過去式的 had**。

一張圖秒懂！語氣強度表

① 表達指示和命令（要求強度）

你會準時完成這個項目（finish this project on time）

0	might	can	should	must
0	50	60	85	100（%）

② 表達對未來的承諾（自信度）

交報告（submit the report）

0	might	may	will	must
0	50	60	90	100（%）

③ 表達對其他人的請求（禮貌度）

取消下週的拜訪（cancel the visit next week）

0	can	could	may	might
0	50	60	90	100（%）

Music

〈她〉(*She*)

She may be the face I can't forget
她或許是我不能遺忘的臉龐

A trace of pleasure or regret
May be my treasure or the price I have to pay
一絲的歡愉或悔恨
可能是我必須付出的珍寶或代價

She may be the song that summer sings
她或許是夏天輕吟的歌聲

May be the chill that autumn brings
或許是秋天帶來的涼爽

May be a hundred different things
或是可以數百種不同的事物

Within the measure of a day
一整天也數不完

——艾維斯・卡斯提洛(Elvis Costello)

《新娘百分百》(*Notting Hill*)主題曲〈她〉(*she*)雖然歌名沒有助動詞，但是歌詞滿滿的may助動詞，例如：「She may be the face I can't forget.」(她可能是我無法忘記的那張臉)。

第 10 天

4種句型，一次搞定大魔王被動式

前面介紹的各類動詞用法，大部分都是主動語態，接下來我們要介紹的是，堪稱英文大魔王之一的被動語態。被動語態，通常有「被～」的意思。

今天學會這個

- 用兩個原則，掌握被動式架構的使用時機。
- 學會被動語態的進階句型：get ＋過去分詞、未來式＋被動式等。

Day 10

1 被動式句型：be 動詞＋過去分詞

在中文，我們其實很少會去探討誰主動或被動的概念，但英文卻很注重「做動作的人」，以及「動作施予的對象（受詞）」。

為了驗證這件事，大家可以看看以下的中文句子，將有「被動」觀念的句子圈出來：

（1）他遭到封鎖。

（2）我哥挨打了。

（3）我被詐騙。

（4）他不受任何人歡迎。

（5）麵包由麵粉做成。

（6）沒穿正裝的人不准進來這家飯店。

選好了嗎？答案是，全都有使用被動句。

如上述幾個例子所示，中文中被動句有很多種，「**遭到**」、「**挨**」、「**被**」、「**受**」、「**由**」，甚至「**不准**」**都可以構成被動的句式**，並沒有一種固定的模式。可是，在英文中，被動是一個固定的句式，雖然也會有不同的搭配，但其實相對單純。左頁的例句翻譯成英文如下：

（1）He was blocked.
（2）My brother was beaten.
（3）I was scammed.
（4）He is not wanted by anyone.
（5）Bread is made from flour.
（6）People won't be admitted to the hotel without dressing up.

接下來，我們就馬上來學習被動式吧！

被動式的句型結構是：「**「主詞＋be 動詞＋過去分詞＋（by 某人）」**」。

比方說，原本的主動句「He ate an apple.」（他吃了一顆蘋果），如果要改成被動式，我們可以分 3 個步驟：

1. 把受詞的 an apple 往前挪，變成主詞。
2. 將動詞的 ate 改成 was eaten。
3. 將原本的主詞 he 改成受詞 him 並加上 by，放在最後面。

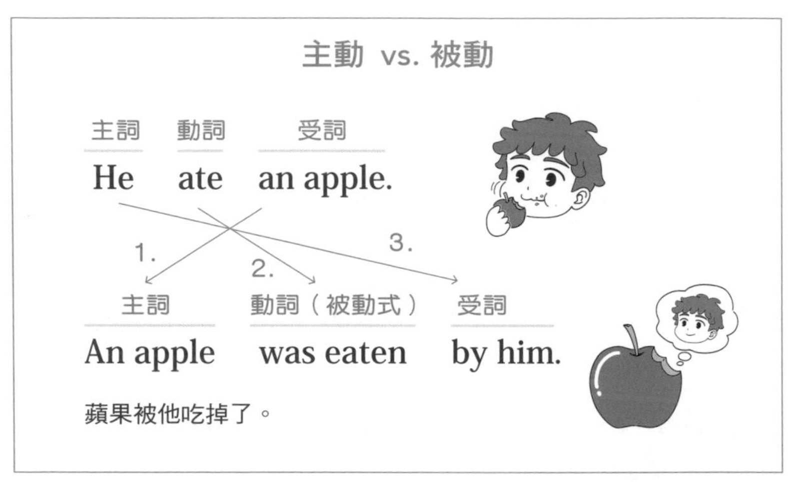

主動 vs. 被動
主詞
動詞
受詞
He
ate
an apple.
1.
2.
3.
主詞
動詞（被動式）
受詞
An apple
was eaten
by him.
蘋果被他吃掉了。

那麼，在哪些情況下會使用到被動式？我們繼續往下看吧！

原則 1：做事的人不確定

如果一個句子中，**主動做動作的人或物不明確**時，我們**就可以用被動式**。

Someone stole my car last night.
→ 某人昨天偷我的車。

因為不知道究竟是誰偷的，所以主詞會是很籠統的 someone（某人），這時就可以改成被動式的寫法，用 my car 來當主詞：

My car was stolen last night.

→ 我的車昨天被偷了。

再來多看幾個類似的例子：

① **McDonald's was founded in 1955.**

→ 麥當勞創立於 1955 年。

② **These masks are made in Taiwan.**

→ 這些口罩是在臺灣製造的。

③ **Mistakes were made.**

→ 錯誤已經被造成了。

> 這是政治人物很喜歡講的一句話。當某件事出包時，他們為了模糊焦點、不願主動承擔犯錯，就會用 mistakes were made 這種模棱兩可的話來推卸責任。

原則 2：強調受詞

當你比較想**聚焦在受詞**，而不是做動作的主詞時，我們也會使用被動式。比方說，原本主動句是：「I turned on the TV.」（我把電視打開），如果今天開電視的人不是重點，重點是電視打開了，你就可以說：

The TV was turned on.

→ 電視被打開了。

再來多看幾組常見的例子：

① **The shop is closed.**

→ 店關門了。

② **The invoice is attached to the email.** ♫

→ 發票附在了電子郵件中。

③ **I wasn't invited to the party.**

→ 我沒被邀請到派對。

④ **Animal Farm is written by George Orwell.**

→ 《動物農莊》是由喬治歐威爾寫的。

② get＋過去分詞

接下來，我們要介紹幾個被動式的進階搭配用法，包含口語、時態以及表達心情的助動詞，讓你能更靈活的運用被動式。

除了用「be 動詞＋過去分詞」來表達被動式之外，我們也會將 be 動詞替換成 get，寫成「get＋過去分詞」。

這種寫法比較口語，在日常對話中時常會聽到。另外，因為 get 本身具有「改變狀態」的意思，所以語氣有時也會比 be 動詞來得強烈、生動。

① **My glasses got broken.**

→ 我的眼鏡被摔破了。

② **We got robbed in Rome.**

→ 我們在羅馬被搶劫了。

③ **SpongeBob SquarePants got locked out of his house.**

→ 海綿寶寶被鎖在他家外面。

3 未來式＋被動式

在前面，我們大部分都是用現在式和過去式來示範被動句。其實，別的時態也都會搭配被動，只是句型有點複雜。我們就來一一破解它們吧！

首先是未來式，因為未來式的句型是「will＋原形動詞」，既然要接原形動詞，被動式的be動詞使用原形即可。因此，合起來會是「**will ＋ be ＋過去分詞**」。

① **The slides will be finished by Tuesday.** ♫

→ 簡報會在星期二前完成。

② **The new contract will be mailed to you.** ♫

→ 新的合約將被寄給您。

未來式be going to和被動式結合，則會是「be going to + be + 過去分詞」。

① **The new subway station is going to be completed in 2025.**

→ 新的捷運站 2025 年會完工。

4 表達心情的助動詞＋被動式

除了時態以外，被動式也能和表達心情的助動詞 may／might／must／can／could／should 搭配，因為這些助動詞後方都必須用原形動詞，所以一律會寫成「**助動詞＋be＋過去分詞**」。

① **This task can be done by the end of June.** ♫
→ 這個任務可以在 6 月底前被完成。

② **The computer couldn't be fixed.** ♫
→ 那臺電腦可能修不好了。

③ **The concert may be put off.**
→ 演唱會可能會被改期。

④ **John might be fired because of the mistake.**
→ 約翰可能會因為那個犯錯而被炒魷魚。

⑤ **The rules must be followed by everyone.**
→ 規則必須被每個人遵守。

⑥ **Plastic bottles should be recycled.**

→ 塑膠瓶應該要被回收。

文法急救包：不及物動詞沒有被動式

前面我們提過，被動式是將主詞與受詞對調，當一個句子沒有所謂的「受詞」，當然就不能構成被動式。

因此，英文中的**不及物動詞**是**沒有被動**形態的，因為不及物動詞沒有作用的對象（受詞）。

不及物動詞有哪些？例如：sleep（睡覺）、die（死亡）、happen（發生）、walk（走路）、run（跑）等。其實這滿好理解的，畢竟我們沒辦法「被睡覺」，也沒辦法「被走路」。如果不易分辨，大家可以利用字典來確認。

例如：在字典的詞性旁邊，會標註〔I〕或者〔T〕，**〔I〕就代表不及物動詞，〔T〕則是及物動詞**。但要注意，一個字可能會有很多意思，必須先確定字義，才能判斷它到底是及物還是不及物。

happen

verb [I]

UK /ˈhæp.ən/ US /ˈhæp.ən/

〔I〕代表為不及物動詞。

happen verb [I] (HAVE EXISTENCE)

A2

(of a situation or an event) to have existence or come into existence

發生

- *No one knows exactly what happened but several people have been hurt.*
  沒人確實了解發生了什麼事，只知道有數人受傷。
- *Anything could happen in the next half hour.*
  接下來的半小時內什麼事都可能會發生。
- *A funny thing happened in the office today.*
  今天，辦公室裡發生了一件有趣的事。
- *I don't want to think about what might have happened if he'd been driving any faster.*
  我不願意去想假如他再開快一點的話會怎麼樣。

資料來源：劍橋詞典。

〈天生完美〉（*Born This Way*）

I'm beautiful in my way
cause God makes no mistakes
我以我獨特的方式美麗著
因為上帝從不犯錯

I'm on the right track, baby
I was born this way
我走的是最正確的路，寶貝
我天生如此

——女神卡卡（Lady Gaga）

〈天生完美〉（*Born This Way*）是女神卡卡在 2011 年推出的歌曲，雖然距今已經十多年，卻歷久彌新，持續鼓勵大家擁抱真實的自我。

在副歌中，反覆出現的 I was born this way，就是被動式，直譯成「我生來就是這樣」，也就是「我天生如此」的意思。

小試身手

成長背景

A：Liya was born and raised in L.A.

莉雅是在洛杉磯出生和長大的。

B：That's why she speaks good English.

這就是為什麼她英文很好。

喜獲提拔 ♫

A：I was promoted to team leader recently.

我最近剛被升為小主管。

B：Good for you! Congratulations!

好棒喔！恭喜你！

手機摔壞

A：My phone is broken, but you can still call this number during office hours. ♫

我的手機摔壞了，但你還是可以在上班時間打這個號碼給我。

B：Got it.

知道了。

檔案位置 ♫

A：The slides can be found on the cloud.

簡報可以在雲端上被找到。

B：Oh, I see. Thanks!

噢，我知道了。謝啦！

帳號被盜

A：My Instagram account was hacked. What should I do?

我的 Instagram 帳號被駭了。我該怎麼辦？

B：Maybe try to change your password.

也許試試看改掉你的密碼。

安慰朋友

A：I just got dumped. I feel sad...

我剛被甩。我好難過……。

B：There, there. I will be here for you.

沒事的。我會陪在你身邊。

國家圖書館出版品預行編目（CIP）資料

六大動詞，10天速成英語表達：多益考高分還是不敢說？本書幫你開口說，對方秒懂／周昱葳（葳姐）統籌；周昱葳、李存忠（Mitch）、吳惠怡（Flora）、林宜珊（Amy）合著. -- 初版. -- 臺北市：大是文化有限公司，2022.11
304頁；14.8×21公分. --（Style；68）
ISBN 978-626-7192-07-8（平裝）

1. CST：英語　2. CST：語法

805.16　　111013065

Style 068

六大動詞，10天速成英語表達

多益考高分還是不敢說？本書幫你開口說，對方秒懂

作　　者／周昱葳（葳姐）統籌
周昱葳、李存忠（Mitch）、吳惠怡（Flora）、林宜珊（Amy）
配音協力／黃太雋（Jimmy）
責任編輯／黃凱琪
校對編輯／楊　皓
美術編輯／林彥君
副總編輯／顏惠君
總 編 輯／吳依瑋
發 行 人／徐仲秋
會計助理／李秀娟
會　　計／許鳳雪
版權主任／劉宗德
版權經理／郝麗珍
行銷企劃／徐千晴
行銷業務／李秀蕙
業務專員／馬絮盈、留婉茹
業務經理／林裕安
總 經 理／陳絜吾

出 版 者／大是文化有限公司
臺北市100衡陽路7號8樓
編輯部電話：（02）23757911
讀者服務／購書相關資訊請洽：（02）23757911　分機122
24小時讀者服務傳真：（02）23756999
讀者服務E-mail：dscsms28@gmail.com
郵政劃撥帳號：19983366　　戶名：大是文化有限公司

法律顧問／永然聯合法律事務所
香港發行／豐達出版發行有限公司 Rich Publishing & Distribut Ltd
地址：香港柴灣永泰道70號　柴灣工業城第2期1805室
Unit 1805, Ph. 2, Chai Wan Ind City, 70 Wing Tai Rd, Chai Wan, Hong Kong
電話：21726513　　傳真：21724355
E-mail：cary@subseasy.com.hk

封面設計／季曉彤
內文、封面插畫／嗎啡羊（Mafi Yang）
內頁排版／黃淑華
錄音製作／Jenny Hsu 許妤甄
印　　刷／鴻霖印刷傳媒股份有限公司

出版日期／2022年11月初版
ISBN 978-626-7192-07-8
電子書 ISBN／9786267192443（PDF）
9786267192436（EPUB）

Printed in Taiwan
定價／新臺幣450元
（缺頁或裝訂錯誤的書，請寄回更換）

有著作權，侵害必究